El manuscrito encontrado en Accra

Biblioteca Paulo Coelho

Paulo Coelho

El manuscrito encontrado en Accra

Traducción de Ana Belén Costas

Planeta

Título original: *Manuscrito encontrado em Accra*

Diseño de la cubierta: Booket / Área Editorial Grupo Planeta a partir del diseño original de © Djohr Guedra
Primera edición en Colección Booket: junio de 2015
Primera edición en esta presentación: septiembre de 2025

Depósito legal: B. 13.320-2025
ISBN: 978-84-08-30783-9
Impreso en España

Biografía

Paulo Coelho, nacido en Río de Janeiro en 1947, trabajó como director y autor de teatro, periodista y compositor antes de dedicarse a los libros. Desde la publicación de su primer libro, *El Peregrino de Compostela*, se han vendido más de 320 millones de ejemplares de sus novelas en todo el mundo. Entre sus mayores éxitos destaca *El Alquimista*, considerado el libro brasileño más vendido de todos los tiempos. Se ha publicado en más de 170 países y traducido a 89 idiomas. Coelho ha recibido destacados honores internacionales, como la prestigiosa distinción Chevalier de l'Ordre National de la Légion d'Honneur del gobierno francés y la Medalla de Oro de Galicia. Desde 2002 es miembro de la Academia Brasileña de las Letras y desde 2007 ejerce como Mensajero de la Paz de las Naciones Unidas.

http://paulocoelhoblog.com

Oh, María, sin pecado concebida, ruega por nosotros, que recurrimos a Ti. Amén.

Hijas de Jerusalén, no lloréis por mí; llorad más bien por vosotras y por vuestros hijos.

LUCAS 23, 28

Para N. S. R. M., en agradecimiento por el milagro, y para Mônica Antunes, que nunca ha desperdiciado sus bendiciones

PREFACIO Y SALUDO

En diciembre de 1945, dos hermanos que buscaban un lugar para descansar encontraron una urna llena de papiros en una cueva en la región de Hamra Don, en el Alto Egipto. En vez de avisar a las autoridades locales —como exigía la ley—, decidieron venderlos poco a poco en el mercado de antigüedades, y de esta manera evitaron llamar la atención del gobierno. La madre de los muchachos, temiendo la influencia de «energías negativas», quemó varios de los papiros recién descubiertos.

Al año siguiente, por razones que la historia no ha registrado, ambos hermanos se pelearon. Atribuyendo el hecho a dichas «energías negativas», la madre le entregó los manuscritos a un sacerdote, que vendió uno de ellos al Museo Copto de El Cairo. Allí los pergaminos recibieron el nombre que han tenido hasta hoy: manuscritos de Nag Hammadi (una referencia a la ciudad más cercana a las cuevas donde los hallaron). Uno de los peritos del museo, el historiador religioso Jean Doresse, entendió la importancia del hallazgo y lo citó por primera vez en una publicación de 1948.

Los demás pergaminos empezaron a aparecer en el mercado negro. En poco tiempo, el gobierno egipcio se dio cuenta de lo importantes que eran e intentó impedir que saliesen del país. Después de la revolución de 1952, la mayor parte del material fue entregado al Museo Copto de El Cairo y declarado patrimonio nacional. Sólo un texto escapó del cerco y apareció en la tienda de un anticuario belga. Hubo inútiles tentativas de venderlo en Nueva York y París, hasta que finalmente, en 1951, lo adquirió el Instituto C. G. Jung. Con la muerte del famoso psicoanalista, el pergamino, ahora conocido como códice Jung, regresó a El Cairo, donde hoy están reunidas cerca de mil páginas y fragmentos de los manuscritos de Nag Hammadi.

Los papiros encontrados son traducciones griegas de textos escritos entre el final del primer siglo de la era cristiana y el año 180 d. J.C., y constituyen un conjunto de textos también conocidos como Evangelios Apócrifos, ya que no se encuentran en la Biblia tal cual la conocemos hoy.

¿Por qué razón?

En el año 170 d. J.C., un grupo de obispos se reunió para definir qué textos iban a formar parte del Nuevo Testamento. El criterio fue simple: había que incluir todo aquello que pudiese combatir las herejías y las divisiones doctrinarias de la época. Seleccionaron los actuales Evangelios, las cartas y todo lo que tenía una cierta «coherencia», digamos, con la idea central de lo que creían que era el cristianismo. La referencia a la reunión de obispos y la lista de libros aceptados se encuentran en el desconocido canon de Muratori. Los otros libros, como los encontrados en Nag Hammadi, quedaron fuera de dicha lista porque presentaban textos de mujeres (como el Evangelio de María Magdalena) o porque revelaban a un Jesús consciente de su misión divina, lo que habría convertido su paso por la muerte en algo menos terrible y doloroso.

En 1974, un arqueólogo inglés, sir Walter Wilkinson, descubrió cerca de Nag Hammadi otro manuscrito, esa vez en tres idiomas: árabe, hebreo y latín. Conocedor de las reglas que protegían los hallazgos en la región, envió el texto al Departamento de Antigüedades del Museo de El Cairo. Poco tiempo después llegó la respuesta: había por lo menos 155 copias de aquel documento circulando por el mundo (tres de las cuales pertenecían al museo) y todas eran prácticamente iguales. Las pruebas con carbono 14 (utilizado para averiguar la antigüedad de materiales orgánicos) revelaron que el pergamino era relativamente reciente, posiblemente del año 1307 de la era cristiana. No fue difícil descubrir que el texto provenía de la ciudad de

Accra, fuera del territorio egipcio. Por lo tanto, no había restricción alguna para sacarlo del país, y sir Wilkinson recibió permiso por escrito del gobierno de Egipto (Ref. 1901/317/IFP-75, fechado el 23 de noviembre de 1974) para llevarlo a Inglaterra.

Conocí al hijo de sir Walter Wilkinson la Navidad de 1982, en Porthmadog, en el País de Gales, Reino Unido. Recuerdo que mencionó el manuscrito encontrado por su padre, pero ninguno de los dos le dio mucha importancia al asunto. Mantuvimos una relación cordial a lo largo de todos esos años, y tuve la oportunidad de verlo por lo menos otras dos veces cuando visité el país para promocionar mis libros.

El día 30 de noviembre de 2011 recibí una copia del texto del que me había hablado en nuestro primer encuentro. Paso ahora a transcribirlo.

Me gustaría mucho comenzar estas líneas escribiendo: «Ahora que estoy al final de mi vida, dejo para los que vengan después todo lo que aprendí mientras caminaba por la faz de la Tierra. Haced un buen uso de ello.»

Pero, lamentablemente, eso no es verdad. Tengo sólo veintiún años, unos padres que me dieron amor y educación, y una mujer a la que amo y que me ama. Sin embargo, la vida se encargará de separarnos a todos mañana, cuando cada uno deba partir en busca de su camino, de su destino o de su manera de afrontar la muerte.

Para nuestra familia hoy es el día 14 de julio de 1099. Para la familia de Yakob, mi amigo de la infancia, con quien solía jugar por las calles de esta ciudad de Jerusalén, estamos en 4859. A él le gusta decir que la religión judía es más antigua que la mía. Para el respetable Ibn al-Athir, que se ha pasado la vida intentando registrar una historia que ahora llega a su fin, está a punto de terminar el año 492. No estamos de acuerdo en las fechas ni en la manera de adorar a Dios, pero en todo lo demás la convivencia ha sido muy buena.

Hace una semana, nuestros comandantes se reunieron: las tropas francesas son infinitamente superiores a las nuestras y están mejor equipadas. A todos se les dio a escoger: abandonar la ciudad, o luchar hasta la muerte. Porque, seguramente, nos derrotarán. La mayoría decidió quedarse.

Los musulmanes están en este momento reunidos en la mezquita de Al-Aqsa, los judíos escogieron el Mihrab Dawud para concentrar a sus soldados, y a los cristianos, dispersos en muchos barrios, se les ha encomendado la defensa del sector sur de la ciudad.

Fuera ya podemos ver las torres de asalto, construidas con la madera de barcos especialmente desmontados para ello. Por el movimiento de las tropas enemigas, imaginamos que mañana por la mañana atacarán y derramarán nuestra sangre en nombre del papa, de la «liberación» de la ciudad, de la «voluntad divina».

Esta tarde, en el atrio donde hace un milenio el gobernador romano Poncio Pilatos entregó a Jesús a la multitud para que lo crucificasen, un grupo de hombres y mujeres de todas las edades ha ido al encuentro del griego que aquí todos conocemos como el Copto.

El Copto es un tipo extraño. Decidió dejar su ciudad natal de Atenas cuando era un adolescente para ir en busca de dinero y aventuras. Terminó llamando a las puertas de nuestra ciudad casi muerto de hambre y, al sentirse bien acogido, poco a poco abandonó la idea de continuar su viaje y decidió instalarse aquí.

Consiguió empleo en una zapatería y —al igual que Ibn al-Athir— empezó a registrar para el futuro todo aquello que veía y escuchaba. No intentó unirse a ninguna práctica religiosa, y nadie intentó convencerlo de lo contrario. Para él no estamos ni en 1099 ni en 4859, y mucho menos al final del año 492. En lo único en lo que cree el Copto es en el momento presente y en lo que él llama Moira: el dios desconocido, la Energía Divina, responsable de una ley única que no puede ser contravenida jamás, porque entonces el mundo desaparecería.

Al lado del Copto estaban los patriarcas de las tres religiones seguidas en Jerusalén. No apareció ningún gobernante mientras duró la charla, pues estaban demasiado preocupados con los últimos preparativos para ejercer una resistencia que creemos totalmente inútil.

«Hace muchos siglos, un hombre fue juzgado y condenado en esta plaza —comenzó el griego—. En la calle de la derecha, mientras caminaba hacia la muerte, se cruzó con un grupo de mujeres. Al ver que lloraban, dijo: "No lloréis por mí, llorad por Jerusalén." Profetizaba lo que está sucediendo ahora. A partir de mañana, lo que era armonía se convertirá en discordia. Lo que era alegría quedará sustituida por el luto. Lo que era paz dará lugar a una guerra que se extenderá por un futuro tan lejano que ni siquiera podemos imaginar su final.»

Nadie dijo nada, porque ninguno de nosotros sabía exactamente qué hacía allí. ¿Íbamos a tener que escuchar otro sermón más sobre los invasores que se hacían llamar a sí mismos «cruzados»?

El Copto saboreó un poco la confusión que se había

instalado entre nosotros. Y, después de un largo silencio, decidió explicarse:

«Pueden destruir la ciudad, pero no conseguirán acabar con todo aquello que ésta nos ha enseñado. Por eso, es preciso que ese conocimiento no tenga el mismo destino que nuestras murallas, casas y calles. Pero ¿qué es el conocimiento?»

Como nadie contestó, él continuó:

«No es la verdad absoluta sobre la vida y la muerte, sino aquello que nos ayuda a vivir y a afrontar los desafíos del día a día. No es la erudición de los libros, que simplemente sirve para alimentar discusiones inútiles sobre qué sucedió o qué va a suceder, sino la sabiduría que reside en el corazón de los hombres y las mujeres de buena voluntad.»

El Copto dijo:

«Yo soy un erudito y, aunque haya pasado todos estos años rescatando antigüedades, clasificando objetos, anotando fechas y debatiendo sobre política, no sé qué decir. Pero en este momento le pido a la Energía Divina que purifique mi corazón. Vosotros me haréis las preguntas y yo las contestaré. En la Antigua Grecia era éste el modo de aprender de los maestros: sus discípulos les hacían preguntas sobre algo en lo que nunca habían pensado antes, y ellos se veían obligados a contestar.»

«¿Y qué haremos con las respuestas?», preguntó alguien.

«Algunos escribirán lo que digo. Otros recordarán las palabras. Pero lo importante es que esta noche partáis hacia todos los rincones del mundo y divulguéis lo que habéis oído. Así, el alma de Jerusalén se preservará. Y un día podremos reconstruirla no sólo como una ciudad, sino como el lugar en el que ha de converger otra vez la sabiduría y donde volverá a reinar la paz.»

«Todos nosotros sabemos lo que nos espera mañana —dijo otro hombre—. ¿No sería mejor hablar sobre cómo negociar la paz o de qué modo prepararnos para el combate?»

El Copto miró a los patriarcas, que estaban a su lado, y después se dirigió a la multitud:

«Nadie sabe lo que nos reserva el mañana, porque cada día llega con el mal o el bien. Así pues, al preguntar lo que deseáis saber, olvidad las tropas que están fuera de la ciudad y el miedo que está dentro de ella. Nuestro legado no será decirles a aquellos que heredarán la tierra qué pasó hoy; eso se encargará la historia de hacerlo. Les hablaremos, en cambio, de nuestra vida cotidiana, de las dificultades que nos vimos obligados a afrontar. Al futuro sólo le interesa eso, porque no creo que vaya a cambiar gran cosa en los próximos mil años.»

Entonces mi vecino
Yakob le pidió:
«Háblanos sobre la derrota.»

¿Puede una hoja, cuando cae del árbol en invierno, sentirse derrotada por el frío?

El árbol le dice a la hoja: «Éste es el ciclo de la vida. Aunque pienses que vas a morir, realmente aún sigues en mí. Gracias a ti estoy vivo, porque pude respirar. También gracias a ti me sentí amado, porque pude dar sombra al viajero cansado. Tu savia está en mi savia, somos una sola cosa.»

¿Puede un hombre que se ha preparado durante años para escalar la montaña más alta del mundo sentirse derrotado cuando llega a la falda del monte y descubre que la naturaleza lo ha cubierto con una tempestad?

El hombre le dice a la montaña: «Ahora no me quieres, pero el tiempo cambiará y un día podré subir hasta tu cima. Mientras tanto, sigue ahí esperándome.»

¿Puede un joven, al ser rechazado por su primer amor, afirmar que el amor no existe? El joven se dice a sí mismo: «Encontraré a alguien capaz de entender lo que siento. Y seré feliz el resto de mis días.»

No hay ni victoria ni derrota en el ciclo de la naturaleza: hay movimiento.

El invierno lucha para reinar soberano, pero al final se ve obligado a aceptar la victoria de la primavera, que trae consigo flores y alegría.

El verano quiere prolongar sus días calientes para

siempre, pues está convencido de que el calor es beneficioso para la tierra. Pero termina aceptando la llegada del otoño, que permitirá que la tierra descanse.

La gacela come hierba y es devorada por el león. No se trata de quién es el más fuerte, sino de cómo Dios nos muestra el ciclo de la muerte y de la resurrección.

Y en este ciclo no hay vencedores ni perdedores: sólo etapas que hay que superar. Cuando el corazón del ser humano comprende eso, es libre. Acepta sin pesar los momentos difíciles y no se deja engañar por los momentos de gloria.

Ambos van a pasar. Uno sucederá al otro. Y el ciclo continuará hasta liberarnos de la carne y hacer que nos encontremos con la Energía Divina.

Por tanto, cuando el luchador esté en la arena —ya sea por elección propia o porque el insondable destino lo puso allí—, que su espíritu tenga alegría en el combate que está a punto de empezar. Si mantiene la dignidad y el honor, puede perder la batalla, pero jamás será derrotado, porque su alma estará intacta.

Y no culpará a nadie de lo que le está sucediendo. Desde que amó por primera vez y le rechazaron entendió que eso no mató su capacidad de amar. Lo que vale para el amor vale también para la guerra.

Perder una batalla, o perder todo lo que pensamos

poseer, nos entristece. Pero cuando pasa ese momento, descubrimos la fuerza desconocida que existe en cada uno de nosotros, la fuerza que nos sorprende y hace que nos respetemos más a nosotros mismos.

Miramos a nuestro alrededor y nos decimos: «He sobrevivido.» Y nos alegramos con nuestras palabras.

Sólo los que no reconocen esa fuerza dicen: «Me han derrotado.» Y se entristecen.

Otros, a pesar del sufrimiento por haber perdido y humillados por las historias que los vencedores cuentan de ellos, se permiten derramar algunas lágrimas, pero nunca sienten pena de sí mismos. Saben que el combate sólo se ha interrumpido y que, por el momento, están en desventaja.

Escuchan los latidos de su propio corazón. Notan que están tensos. Que tienen miedo. Hacen balance de su vida y descubren que, pese al terror que sienten, la fe sigue iluminando su alma y empujándolos hacia adelante.

Intentan averiguar en qué se equivocaron y en qué acertaron. Aprovechan que han caído para descansar, curar las heridas, descubrir nuevas estrategias y prepararse mejor.

Y llega un día en el que un nuevo combate llama a su puerta. El miedo sigue ahí, pero tienen que actuar, o permanecerán para siempre tirados en el suelo. Se levantan y se enfrentan al adversario, recordando el sufrimiento que vivieron y que no quieren volver a vivir.

La derrota anterior los obliga a vencer esta vez, ya que no quieren sufrir otra vez el mismo dolor.

Y si la victoria no llega esta vez, llegará la próxima. Y, si no la próxima, será la siguiente. Lo peor no es caer; es quedarse tirado en el suelo.

Sólo es derrotado el que desiste. Todos los demás saldrán victoriosos.

Y llegará el día en el que los momentos difíciles serán sólo historias que contarán, orgullosos, a aquellos que quieran escuchar. Y todos los oirán con respeto y aprenderán tres cosas importantes:

A tener paciencia para esperar el momento justo de actuar.

Sabiduría para no dejar escapar la siguiente oportunidad.

Y orgullo de sus cicatrices.

Las cicatrices son medallas grabadas a fuego y hierro en la carne que asustarán a sus enemigos, pues demuestran que la persona que está frente a ellos tiene mucha experiencia en el combate. Muchas veces, eso los llevará a buscar el diálogo y evitará el conflicto.

Las cicatrices hablan más alto que la hoja de la espada que las causó.

«Describe a los derrotados»,
le pidió un mercader
cuando vio que el Copto
había acabado de hablar.

Y él respondió:

Los derrotados son aquellos que no fracasan.

La derrota nos hace perder una batalla o una guerra. El fracaso no nos deja luchar.

La derrota llega cuando no conseguimos algo que deseamos mucho. El fracaso no nos permite soñar. Su lema es: «No anheles nada y nunca sufrirás.»

La derrota termina cuando volvemos de nuevo al combate. El fracaso no tiene un final: es una elección vital.

La derrota es para aquellos que, a pesar del miedo, viven con entusiasmo y fe.

La derrota es para los valientes. Sólo ellos pueden tener el honor de perder y la alegría de ganar.

No estoy aquí para decir que la derrota forma parte de la vida; eso todos lo sabemos. Sólo los derrotados conocen el Amor. Porque es en el reino del Amor donde libramos nuestros primeros combates. Y generalmente perdemos.

Estoy aquí para deciros que hay personas a las que nadie ha derrotado.

Son aquellas que nunca han luchado.

Consiguieron evitar las cicatrices, las humillaciones, el desamparo y los momentos en los que los guerreros dudan de la existencia de Dios.

Esas personas pueden decir con orgullo: «Nunca he perdido una batalla.» Sin embargo, nunca podrán decir: «He ganado una batalla.»

Pero eso no les interesa. Viven en un universo en el que creen que nadie logrará alcanzarlas, cierran los ojos a las injusticias y al sufrimiento, se sienten seguras porque no necesitan afrontar los desafíos diarios de los que se arriesgan a ir más allá de sus propios límites.

Nunca han escuchado un «Adiós». Tampoco un «Ya estoy de vuelta. Abrázame con el sabor del que me había perdido y ha vuelto a encontrarme».

Los que nunca han sido derrotados parecen alegres y superiores, dueños de una verdad por la que no han movido ni un dedo. Están siempre al lado del más fuerte. Son como hienas, que sólo comen los restos que el león desprecia.

Enseñan a sus hijos: «No os involucréis en conflictos, saldréis perdiendo. Guardad vuestras dudas para vosotros mismos y nunca tendréis problemas. Si alguien os agrede, no os sintáis ofendidos ni os rebajéis respondiendo al ataque. Hay otras cosas de las que preocuparse en la vida.»

En el silencio de la noche, afrontan sus batallas imaginarias: los sueños no realizados, las injusticias que fingieron no sufrir, los momentos de cobardía que consiguieron disfrazar ante todos —menos ante sí mismos—, y el amor que con un brillo en los ojos se cruzó en su camino, un amor que les estaba destinado por la mano de Dios y que, sin embargo, no tuvieron el coraje de abordar.

Y prometen: «Mañana será diferente.»

Pero el mañana llega y también la pregunta que los paraliza: «¿Y si todo sale mal?»

Entonces no hacen nada.

¡Ay de los que nunca han sido vencidos! Tampoco serán vencedores en esta vida.

«Háblanos sobre la soledad»,
le pidió una joven que estaba
a punto de casarse con el hijo
de uno de los hombres más ricos
de la ciudad y que ahora se veía
obligada a huir.

Y él respondió:

Sin la soledad, el Amor no permanecerá mucho tiempo a tu lado.

Porque el Amor también necesita reposo, para poder viajar por los cielos y manifestarse de otras formas.

Sin la soledad, ninguna planta o animal sobrevive, ninguna tierra es productiva durante mucho tiempo, ningún niño puede aprender sobre la vida ni ningún artista consigue crear, ningún trabajo puede crecer y transformarse.

La soledad no es la ausencia de Amor, sino su complemento.

La soledad no es la ausencia de compañía, sino el momento en el que nuestra alma tiene la libertad de conversar con nosotros y ayudarnos a decidir sobre nuestras vidas.

Por tanto, benditos sean aquellos que no temen la soledad. Que no se asustan con la propia compañía, que no se desesperan en busca de algo con lo que ocuparse y divertirse o a lo que juzgar.

Porque el que nunca está solo ya no se conoce a sí mismo.

Y el que no se conoce a sí mismo pasa a temer el vacío.

Pero el vacío no existe. Un mundo enorme se esconde en nuestra alma, esperando a que lo descubramos.

Está ahí, con su fuerza intacta, pero es tan nuevo y tan poderoso que nos da miedo aceptar su existencia.

Porque el hecho de descubrir quiénes somos nos obligará a aceptar que podemos ir mucho más allá de lo que estamos acostumbrados. Y eso nos asusta. Mejor no arriesgar tanto, ya que siempre podemos decir: «No hice lo que tenía que hacer porque no me dejaron.»

Es más cómodo. Es más seguro. Y, al mismo tiempo, es renunciar a la propia vida.

¡Ay de aquellos que prefieren pasar la vida diciendo «Yo no tuve la oportunidad»!

Porque cada día que pase se hundirán aún más en el pozo de sus propios límites, y llegará un momento en el que ya no tendrán fuerzas para escapar de él y encontrar de nuevo la luz que brilla en el hueco que está sobre sus cabezas.

Y benditos los que dicen: «Yo no tengo coraje.»

Porque ésos entienden que la culpa no es de los demás. Y tarde o temprano encontrarán la fe necesaria para afrontar la soledad y sus misterios.

Y, para aquellos que no se dejan asustar por la soledad que revela los misterios, todo tendrá un sabor diferente.

En la soledad descubrirán el amor que podría pasar desapercibido. En la soledad entenderán y respetarán el amor que partió.

En la soledad sabrán decidir si vale la pena pedirle que regrese, o si debe permitir que ambos sigan un nuevo camino.

En la soledad aprenderán que decir «no» no siempre es una falta de generosidad, y que decir «sí» no siempre es una virtud.

Y aquellos que estáis solos en este momento no os dejéis asustar nunca por las palabras del demonio, que dice: «Estás perdiendo el tiempo.»

O por las palabras, aún más poderosas, del jefe de los demonios: «No le importas a nadie.»

La Energía Divina nos escucha cuando hablamos con los demás, pero también nos escucha cuando estamos en silencio y aceptamos la soledad como una bendición.

Y, en ese momento, Su luz ilumina todo lo que está a nuestro alrededor y nos hace ver lo necesarios que somos, cómo nuestra presencia en la Tierra es decisiva para Su trabajo.

Y, cuando conseguimos esa armonía, recibimos más de lo que pedimos.

Y aquellos que se sienten oprimidos por la soledad deben recordar: en los momentos más importantes de la vida siempre estaremos solos.

Como el bebé al salir del vientre de la mujer: no importa cuántas personas estén a su alrededor, es suya la decisión final de vivir.

Como el artista ante su obra: para que su trabajo sea realmente bueno, tiene que estar callado y escuchar sólo la lengua de los ángeles.

Igual que nos encontraremos un día ante la muerte, la Dama de la Guadaña: estaremos solos en el más importante y temido momento de nuestra existencia.

Así como el Amor es la condición divina, la soledad es la condición humana. Y ambos conviven sin conflictos para aquellos que entienden el milagro de la vida.

Y un muchacho al que obligaban
a partir se rasgó las vestiduras y dijo:
«Mi ciudad cree que no sirvo para el
combate. Soy inútil.»

Y él respondió:

Algunas personas dicen: «No soy capaz de despertar el amor de los demás.» Pero en el amor no correspondido siempre existe la esperanza de que algún día será aceptado.

Otros escriben en sus diarios: «Nadie reconoce mi ingenio, nadie aprecia mi talento, nadie respeta mis sueños.» Pero también para ellos existe la esperanza de que las cosas cambien después de muchas luchas.

Otros se pasan el día llamando a puertas y explicando: «Estoy desempleado.» Saben que, si son pacientes, algún día una de las puertas se abrirá.

Pero los hay que se despiertan todas las mañanas con el corazón oprimido. No buscan amor, ni reconocimiento, ni trabajo.

Se dicen a sí mismos: «Soy inútil. Vivo porque necesito sobrevivir, pero a nadie, absolutamente a nadie, le interesa demasiado lo que hago.»

El sol brilla allá fuera, la familia está a su alrededor, procuran mantener la máscara de alegría porque a los ojos de los demás tienen todo lo que han soñado. Pero están convencidos de que todo el mundo puede prescindir de ellos. O porque son demasiado jóvenes y piensan que los más viejos tienen otras preocupaciones, o porque son demasiado viejos y creen que a los más jóvenes no les importa lo que tienen que decir.

El poeta escribe algunas líneas y las tira a la basura pensando: «Esto no le interesa a nadie.»

El empleado llega al trabajo, y todo lo que hace es repetir la tarea del día anterior. Cree que, si un día lo despiden, nadie notará su ausencia.

La chica cose su vestido poniendo un enorme empeño en cada detalle y, cuando llega a la fiesta, entiende lo que dicen las miradas: no está más guapa ni más fea. Su vestido es uno más entre los millones que hay en todos los lugares del mundo donde en ese preciso momento se están celebrando fiestas semejantes.

Algunas de éstas tienen lugar en grandes castillos; otras, en pequeñas aldeas donde todos se conocen y tienen algo que comentar sobre el vestido de los demás.

Menos sobre el suyo, que ha pasado desapercibido. No era bonito ni tampoco era feo, era simplemente un vestido más.

Inútil.

Los más jóvenes se dan cuenta de que el mundo está lleno de problemas enormes y sueñan con resolverlos, pero nadie se interesa por su opinión. «Vosotros aún no conocéis la realidad del mundo —les dicen—. Escuchad a los más viejos y sabréis mejor qué hacer.»

Los más viejos tienen experiencia y madurez, aprendieron a la fuerza de las adversidades de la vida. Pero, cuando llega la hora de enseñar, nadie está interesado. «El mundo ha cambiado —replican—. Hay que acompañar el progreso y escuchar a los más jóvenes.»

Sin respetar edades y sin pedir permiso, el sentimiento de inutilidad corroe el alma de las personas repitiendo siempre: «Nadie se interesa por ti, no eres nada, el planeta no necesita tu presencia.»

En la desesperada intención de darle sentido a su vida, muchos comienzan a buscar la religión, porque la lucha en nombre de la fe siempre parece justificar algo grande, algo que puede transformar el mundo. «Trabajamos para Dios», se dicen a sí mismos.

Y se convierten en devotos. Después se convierten en evangelistas. Y finalmente se convierten en fanáticos.

No entienden que la religión pretende compartir los misterios y la adoración, nunca oprimir a los demás y obligarlos a que se conviertan. La mayor manifestación del milagro de Dios es la vida.

Esta noche lloraré por ti, ¡oh Jerusalén!, porque la comprensión de la Unidad Divina va a desaparecer durante los próximos mil años.

Preguntad a una flor del campo: «¿Te sientes inútil porque todo lo que haces es engendrar otras flores iguales?»

Y ella contestará: «Soy bella, y la belleza en sí es mi razón de vivir.»

Preguntad a un río: «¿Te sientes inútil porque todo lo que haces es correr siempre en la misma dirección?»

Y él os contestará: «No intento ser útil; intento ser un río.»

Ante los ojos de Dios, nada en este mundo está de más. Ni una hoja que cae del árbol, ni un pelo que cae de la cabeza, ni un insecto que muere por estar molestando. Todo tiene una razón de ser.

Incluso tú, que acabas de hacerte esta pregunta. «Soy inútil» es una respuesta que te estás dando a ti mismo.

Pronto esta respuesta te envenenará y morirás en vida, aunque sigas andando, comiendo, durmiendo e intentando divertirte cuando sea posible.

No intentes ser útil. Intenta ser tú: eso basta, y en eso reside tu razón de ser.

No andes ni más rápido ni más despacio que tu alma. Porque es ella la que te enseñará, con cada paso, para qué eres útil. A veces lo serás para participar en un gran combate que ayudará a cambiar el rumbo de la historia. Pero a veces lo serás, sencillamente, para sonreírle sin motivo a una persona con la que te has cruzado por casualidad en la calle.

Sin tener la menor intención, puedes haberle salvado la vida a un desconocido que también se creía inútil y que quizá estaba a punto de matarse, hasta que una sonrisa le dio esperanza y confianza.

Aunque observes tu vida con toda atención y repases cada uno de los momentos en los que sufriste, sudaste y sonreíste bajo el sol, jamás podrás saber exactamente cuándo fuiste útil para los demás.

Una vida nunca es inútil. Cada alma venida a la Tierra tiene una razón para estar aquí.

Las personas que realmente hacen bien a los demás no intentan ser útiles, sino llevar una vida interesante. Casi nunca dan consejos, sino que sirven de ejemplo.

Busca sólo esto: vivir lo que siempre has deseado vivir. Evita criticar a los demás y concéntrate en lo que siempre has soñado. Tal vez no te parezca muy importante. Pero Dios, que todo lo ve, sabe que el ejemplo que das lo está ayudando a mejorar el mundo. Y, cada día que pase, te cubrirá de más bendiciones.

Y, cuando la Dama de la Guadaña llegue, la oirás decir: «Es justo preguntar: "Padre, Padre, ¿por qué me has abandonado?"

»Pero ahora, en este último segundo de tu vida en la Tierra, te voy a decir lo que he visto: la casa limpia, la mesa puesta, el campo arado, las flores sonriendo. He visto cada cosa en su sitio, como tenía que ser. Entendiste que las pequeñas cosas son las responsables de los grandes cambios.

»Y, por eso, voy a llevarte al Paraíso.»

Y una mujer llamada Almira,
que era costurera, dijo:
«Podría haberme marchado
antes de la llegada de los cruzados
y hoy estaría trabajando en Egipto.
Pero siempre he tenido miedo a cambiar.»

Y él respondió:

Tenemos miedo a cambiar porque creemos que, después de mucho esfuerzo y sacrificio, conocemos nuestro mundo.

Y aunque no sea el mejor, aunque no estemos totalmente satisfechos, al menos no habrá sorpresas. No nos equivocaremos.

Cuando sea necesario, haremos pequeños cambios para que todo siga igual.

Vemos que las montañas permanecen en el mismo lugar. Vemos que los árboles ya crecidos, cuando se trasplantan, acaban muriendo.

Y decimos: «Quiero ser como las montañas y los árboles. Sólidos y respetados.»

Incluso cuando, por la noche, nos despertemos: «Me gustaría ser como los pájaros, que pueden visitar Damasco y Bagdad y volver siempre que lo deseen.»

O también: «Quién me permitiera ser como el viento, que nadie sabe de dónde viene ni hacia dónde va y cambia de dirección sin tener que darle explicaciones a nadie.»

Pero al día siguiente recordamos que los pájaros están siempre huyendo de los cazadores y de las aves más fuertes. Y que el viento a veces queda atrapado en un remolino y todo lo que hace es destruir lo que está a su alrededor.

Es muy bueno soñar que siempre hay espacio para ir

más lejos y que lo haremos algún día. Los sueños nos alegran, porque gracias a ellos sabemos que somos más capaces de lo que imaginábamos.

Soñar no implica riesgos. Lo peligroso es querer convertir los sueños en realidad.

Pero llega el día en el que el destino llama a nuestra puerta. Puede ser la llamada suave del Ángel de la Suerte o la llamada inconfundible de la Dama de la Guadaña. Ambas dicen: «Cambia ahora.» No la próxima semana, ni el próximo mes, ni el próximo año. Los ángeles dicen: «Ahora.»

Siempre escuchamos a la Dama de la Guadaña. Y lo cambiamos todo por culpa del miedo a que nos lleve con ella: cambiamos de aldea, de hábitos, de acera, de comida, de comportamiento. No podemos convencer a la Dama de la Guadaña de que nos permita continuar siendo como antes. No hay diálogo.

También escuchamos al Ángel de la Suerte, pero a él le preguntamos: «¿Adónde quieres llevarme?»

«A una nueva vida» es la respuesta.

Y recordamos: tenemos nuestros problemas, pero podemos solucionarlos, aunque pasemos cada vez más tiempo luchando contra ellos. Debemos servir de ejemplo a nuestros padres, a nuestros maestros, a nuestros hijos, y mantenernos en el camino correcto.

Nuestros vecinos esperan que seamos capaces de enseñarle a todo el mundo la virtud de la perseverancia, de la lucha contra las adversidades y de la superación de los obstáculos.

Y nos sentimos orgullosos con nuestro comportamiento. Y nos elogian porque no aceptamos cambiar, sino que seguimos el rumbo que el destino ha escogido para nosotros.

Nada más equivocado.

Porque el camino correcto es el camino de la naturaleza: en constante cambio, como las dunas del desierto.

Se equivocan los que piensan que las montañas no cambian: nacieron de terremotos, son labradas por el viento y la lluvia, y van cambiando cada día, aunque nuestros ojos no puedan verlo.

Las montañas cambian y se alegran. «Qué bien que no somos las mismas», se dicen unas a otras.

Se equivocan los que piensan que los árboles no cambian. Tienen que aceptar la desnudez del invierno y la vestimenta del verano. Y viajan más allá del terreno en el que están plantados porque los pájaros y el viento esparcen sus semillas.

Los árboles se alegran. «Yo creía que era uno y hoy descubro que soy muchos», les dicen a los hijos que empiezan a brotar a su alrededor.

La naturaleza nos dice: cambia.

Y los que no temen al Ángel de la Suerte entienden que es necesario seguir adelante, a pesar del miedo. A pesar de las dudas. A pesar de las recriminaciones. A pesar de las amenazas.

Este tipo de personas se enfrentan a sus valores y prejuicios. Escuchan los consejos de aquellos que los aman: «No hagas eso, ya tienes todo lo que necesitas: el amor de tus padres, el cariño de tu mujer y de tus hijos, el trabajo que te costó tanto conseguir. No corras el riesgo de ser un extranjero en una tierra extraña.»

Pero se arriesgan con el primer paso. A veces por curiosidad, otras veces por ambición, pero generalmente por el deseo incontrolable de aventura.

En cada curva del camino se sienten más atormentados. Mientras, se sorprenden a sí mismos: son más fuertes y más alegres.

Alegría. Ésa es una de las principales bendiciones del Todopoderoso. Si estamos alegres, nos encontramos en el camino correcto.

El miedo se aleja poco a poco porque se le ha dado la importancia que deseaba tener.

Una pregunta persiste en los primeros pasos del camino: «¿Mi decisión de cambiar habrá hecho que los demás sufran por mí?»

Pero el que ama quiere ver al amado feliz. Si en un primer momento temió por él, el orgullo de verlo haciendo lo que le gusta, yendo hacia donde soñó llegar, acaba en seguida con cualquier tipo de miedo.

Más tarde, aparece el sentimiento de desamparo.

Pero los viajeros encuentran en el camino a gente que siente lo mismo. A medida que hablan unos con otros, descubren que no están solos: se convierten en compañeros de viaje, comparten la solución que encontraron para cada obstáculo. Y todos se dan cuenta de que son más sabios y de que están más vivos de lo que imaginaban.

En los momentos en los que el sufrimiento o el arrepentimiento se instalan en sus tiendas y no les permiten dormir bien, se dicen a sí mismos: «Mañana, y sólo mañana, daré un paso más. Siempre puedo volver, porque conozco el camino. Por tanto, un paso más no significará una gran diferencia.»

Hasta que un día, sin previo aviso, el camino deja de examinar al viajero y pasa a ser generoso con él. El espíritu de éste, hasta entonces afligido, se alegra con la belleza y los desafíos del nuevo paisaje.

Y los pasos, que antes eran automáticos, pasan a ser conscientes.

En vez de mostrar la comodidad de la seguridad, enseña la alegría de los desafíos.

El viajero continúa su jornada. En vez de quejarse del aburrimiento, empieza a quejarse del cansancio. Pero en ese momento se detiene, descansa, disfruta del paisaje y sigue adelante.

En vez de pasar la vida entera destruyendo los caminos que temía seguir, empieza a amar el que está recorriendo.

Aunque el destino final sea un misterio. Aunque en un determinado momento tome una decisión equivocada. Dios, que está viendo su coraje, le dará la inspiración necesaria para corregirla.

Lo que todavía lo aflige no son los hechos, sino el temor de no saber reaccionar ante ellos. Una vez decidido a seguir su camino y sabedor de que ya no hay otra alternativa, descubre una voluntad impecable, y los hechos se amoldan a sus decisiones.

«Dificultad» es el nombre de una antigua herramienta, creada simplemente para ayudarnos a definir quiénes somos.

Las tradiciones religiosas enseñan que la fe y la transformación son la única manera de acercarnos a Dios.

La fe nos muestra que en ningún momento estamos solos.

La transformación nos hace amar el misterio.

Y, cuando todo parezca oscuro y nos sintamos desamparados, no miraremos hacia atrás, con miedo a ver las transformaciones ocurridas en nuestra alma. Miraremos hacia adelante.

No temeremos lo que pasará mañana, porque ayer tuvimos quien cuidase de nosotros.

Y esa misma presencia continuará a nuestro lado.

Esa presencia nos resguardará del sufrimiento.

O nos dará fuerza para afrontarlo con dignidad.

Llegaremos más lejos de lo que pensamos. Buscaremos el lugar donde nace la estrella de la mañana. Y nos sorprenderemos al ver que llegar hasta ella ha sido más fácil de lo que imaginamos.

La Dama de la Guadaña llega para los que no cambian y para los que cambian. Pero éstos al menos pueden decir: «Mi vida ha sido interesante, no he desaprovechado mi bendición.»

Y los que creen que la aventura es peligrosa que intenten la rutina: mata antes de tiempo.

Y alguien le pidió:
«En el momento en el
que todo parece terrible,
tenemos que animar
nuestro espíritu.
Por tanto, háblanos
sobre la belleza.»

Y él respondió:

Siempre escuchamos decir: «Lo que importa no es la belleza exterior, sino la belleza interior.»

Pues no hay nada más falso que esa frase.

Si así fuera, ¿por qué las flores se iban a esforzar tanto para llamar la atención de las abejas?

¿Y por qué las gotas de lluvia se iban a convertir en arco iris cuando se encuentran con el sol?

Porque la naturaleza tiene ansia de belleza. Y sólo se siente satisfecha cuando puede disfrutar de ella.

La belleza exterior es la parte visible de la belleza interior. Y se manifiesta por la luz que sale de los ojos de cada uno. No importa si la persona está mal vestida, si no obedece a los patrones de lo que consideramos elegante o si ni siquiera se preocupa por impresionar al que está cerca. Los ojos son el espejo del alma y reflejan todo lo que parece estar oculto.

Pero, además de la capacidad de brillar, los ojos tienen otra cualidad: funcionan como un espejo.

Y reflejan al que lo está admirando. Así, si el alma del que observa está oscura, verá siempre su propia fealdad. Porque, como cualquier espejo, los ojos nos devuelven el reflejo de nuestro propio rostro.

La belleza está presente en todo lo que fue creado. Pero el peligro reside en que, como seres humanos muchas veces alejados de la Energía Divina, nos dejamos llevar por el juicio ajeno.

Negamos nuestra propia belleza porque los demás no pueden, o no quieren, reconocerla. En vez de aceptarnos como somos, procuramos imitar lo que vemos a nuestro alrededor.

Procuramos ser como aquel del que todos dicen: «¡Qué guapo!» Poco a poco, nuestra alma se va consumiendo, nuestra voluntad disminuye, y todo el potencial que teníamos para mejorar el mundo deja de existir.

Olvidamos que el mundo es aquello que imaginamos ser.

Dejamos de tener el brillo de la luna y pasamos a ser el charco de agua que la refleja. Al día siguiente, el sol va a evaporar esa agua, y no quedará nada.

Todo porque un día alguien dijo: «Eres feo.» O porque otro comentó: «Ella es guapa.» Con sólo unas palabras, nos robaron toda la confianza que teníamos en nosotros mismos.

Y eso nos convierte en feos. Y nos hace sentir amargura.

En ese momento, encontramos consuelo en eso que llaman «sabiduría»: una serie de ideas preconcebidas por gente que intenta definir el mundo en vez de respetar el misterio de la vida. En ella están las reglas, los reglamentos, las medidas y un equipaje absolutamente innecesario que intenta establecer un patrón de comportamiento.

La falsa sabiduría parece decir: no te preocupes por la belleza, porque es superficial y efímera.

No es verdad. Todos los seres que viven bajo el sol, desde los pájaros hasta las montañas, desde las flores hasta los ríos, reflejan la maravilla de la creación.

Si nos resistimos a la tentación de aceptar que otros pueden definir lo que somos, poco a poco seremos capaces de hacer brillar el sol que hay en nuestra alma.

El Amor pasa cerca y dice: «Nunca había notado tu presencia.»

Y nuestra alma contesta: «Presta más atención, porque estoy aquí. Fue necesaria la brisa para limpiar el polvo de tus ojos, pero, ahora que me has reconocido, no vuelvas a abandonarme, ya que todos codician la belleza.»

Lo bello no reside en la igualdad, sino en la diferencia. No podemos imaginar una jirafa sin un cuello largo ni un cactus sin espinas. La irregularidad de los picos de las montañas que nos rodean es lo que las hace imponentes. Si la mano del hombre intentara darles la misma forma a todas, dejarían de inspirar respeto.

Aquello que parece imperfecto es precisamente lo que nos asombra y nos atrae.

Cuando vemos un cedro, no pensamos: «Las ramas deberían tener todas la misma medida.» Pensamos: «Es fuerte.»

Cuando vemos una serpiente, nunca decimos: «Se arrastra por el suelo, mientras que yo camino con la cabeza erguida.» Pensamos: «Aunque es pequeña, su piel es brillante, su movimiento distinguido y tiene más poder que yo.»

Cuando el camello cruza el desierto y nos lleva hasta el lugar adonde queremos ir, nunca decimos: «Tiene joroba y sus dientes son feos.» Pensamos: «Es digno de mi amor por su lealtad y su ayuda. Sin él, jamás podría conocer el mundo.»

Una puesta de sol siempre es más bella cuando el cielo está cubierto de nubes irregulares, porque sólo de ese modo se pueden reflejar los infinitos colores de los que están hechos los sueños y los versos del poeta.

Pobres aquellos que piensan: «No soy bello, porque el Amor no ha llamado a mi puerta.» En verdad, el Amor llamó, pero no abrieron porque no estaban preparados para recibirlo.

Intentaban arreglarse, cuando en verdad ya estaban listos.

Intentaban imitar a los demás, cuando el Amor buscaba algo original.

Procuraban reflejar lo que venía de fuera y olvidaron la poderosa luz que venía de dentro.

Y dijo un muchacho
que debía partir
aquella noche:
«Nunca he sabido
en qué dirección ir.»

Y él respondió:

Al igual que el sol, la vida esparce su luz en todas las direcciones.

Y cuando nacemos, lo queremos todo al mismo tiempo, sin controlar la energía que se nos da.

Pero, si necesitamos fuego, hay que hacer que los rayos del sol vayan todos hacia el mismo lugar.

Y el gran secreto que la Energía Divina reveló al mundo fue el fuego. No sólo el que calienta, sino el que transforma el trigo en pan.

Y llega el momento en el que necesitamos concentrar ese fuego interno para que nuestra vida tenga un sentido.

Entonces preguntamos al cielo: «Pero ¿cuál es el sentido?»

Algunos apartan de sí esa pregunta: molesta, perturba el sueño y no hay una respuesta al alcance de la mano. Son los que después pasarán a vivir el día de mañana como el día de ayer.

Y, cuando la Dama de la Guadaña llegue, dirán: «Mi vida ha sido corta, he desaprovechado mi bendición.»

Otros aceptan la pregunta. Pero, como no saben responderla, se ponen a leer lo que escribieron aquellos que afrontaron el desafío. Y de repente encuentran una respuesta que creen que es la correcta.

Cuando eso sucede, se convierten en esclavos de esa respuesta. Crean leyes que obligan a todo el mundo a aceptar lo que ellos piensan que es la razón de la existencia. Construyen templos para justificarla y tribunales para juzgar a los que la contravienen.

Finalmente, están aquellos que comprenden que la pregunta es una trampa: no tiene respuesta.

En vez de perder tiempo en la trampa, deciden actuar. Vuelven a la infancia, buscan en ella lo que más los entusiasmaba y —a pesar del consejo de los más viejos— dedican su vida a hacerlo realidad.

Porque en el Entusiasmo está el Fuego Sagrado.

Poco a poco, descubren que sus gestos están unidos a una intención misteriosa que se encuentra más allá del conocimiento humano. Y bajan la cabeza en señal de respeto al misterio y rezan para no desviarse de un camino que no conocen, pero que recorren a causa de la llama que arde en sus corazones.

Usan la intuición cuando es fácil conectarse con ella y usan la disciplina cuando la intuición no se manifiesta.

Parecen locos. A veces, se comportan como locos. Pero no están locos. Descubrieron el verdadero Amor y el poder de la Voluntad.

Y sólo el Amor y la Voluntad les revelan el objetivo y el rumbo que deben seguir.

La Voluntad es cristalina, el Amor es puro y los pasos son firmes. En los momentos de duda, en los momentos de tristeza, nunca olvidan: «Soy un instrumento. Permíteme ser un instrumento capaz de manifestar Tu Voluntad.»

Escogen el camino, y tal vez no entiendan el objetivo hasta que estén ante la Dama de la Guadaña. En eso reside la belleza del que sigue adelante teniendo como único guía el Entusiasmo y respetando el misterio de la vida: su camino es bello y su carga es ligera.

El objetivo puede ser grande o pequeño, estar muy lejos o al lado de casa, pero va en su busca con respeto y honor. Sabe lo que significa cada paso y cuánto esfuerzo, entrenamiento e intuición le costó.

No sólo se concentra en la meta que debe alcanzar, sino en todo lo que pasa a su alrededor. Muchas veces se ve obligado a parar porque ya no le quedan fuerzas.

En ese momento, el Amor aparece y dice: «Piensas que caminas hacia un punto, pero la existencia de ese punto sólo está justificada porque lo amas. Descansa un poco y, en cuanto puedas, levántate y sigue adelante. Porque desde que supo que ibas hacia él, también él corre a tu encuentro.»

El que olvida la pregunta, el que la contesta o el que entiende que la acción es la única manera de afrontarla va a encontrar los mismos obstáculos y va a alegrarse con las mismas cosas.

Pero sólo el que acepta con humildad y coraje el impenetrable plan de Dios sabe que está en el camino correcto.

Y una mujer ya entrada en años
y que nunca había encontrado
un hombre con el que casarse dijo:
«El Amor nunca ha querido
hablar conmigo.»

Y él respondió:

Para escuchar las palabras del Amor, es necesario dejar que se acerque.

Pero, cuando lo hace, tememos lo que tiene que decirnos. Porque el Amor es libre y su voz no está gobernada por nuestra voluntad ni por nuestro esfuerzo.

Todos los amantes lo saben, pero no se resignan. Creen que pueden seducirlo con sumisión, poder, belleza, riqueza, lágrimas y sonrisas.

Pero el verdadero Amor es el que seduce y jamás se deja seducir.

El amor transforma, el amor cura. Pero, a veces, pone trampas mortales y termina destruyendo a la persona a la que decidió entregarse por completo. ¿Cómo la fuerza que mueve el mundo y mantiene las estrellas en su sitio puede ser tan constructiva y tan devastadora al mismo tiempo?

Nos hemos acostumbrado a pensar que lo que damos es igual a lo que recibimos. Pero las personas que aman esperando ser correspondidas pierden el tiempo.

El amor es un acto de fe, no un intercambio.

Son las contradicciones las que hacen crecer el amor. Son los conflictos los que permiten que el amor siga a nuestro lado.

La vida es demasiado corta para esconder en nuestro corazón palabras importantes.

Palabras como «Te amo».

Pero, a cambio, no esperes escuchar siempre la misma frase. Amamos porque necesitamos amar. Sin eso, la vida pierde todo el sentido y el sol deja de brillar.

Una rosa sueña con la compañía de las abejas, pero no aparece ninguna. El sol le pregunta: «¿No te cansas de esperar?»

«Sí —contesta la rosa—. Pero si cierro mis pétalos, me marchito.»

Por tanto, aun cuando el Amor no aparece, seguimos esperándolo. En los momentos en los que la soledad parece aplastarlo todo, la única manera de resistir es seguir amando.

El mayor objetivo de la vida es amar. El resto es silencio.

Necesitamos amar. Aun cuando eso nos lleve a la tierra donde los lagos están hechos de lágrimas. ¡Oh, lugar secreto y misterioso, la tierra de las lágrimas!

Las lágrimas hablan por sí mismas. Y cuando pensamos que ya hemos llorado todo lo que teníamos que llorar, siguen brotando. Y cuando creemos que nuestra vida sólo será un largo caminar por el valle del Dolor, las lágrimas de repente desaparecen.

Porque nuestro corazón es capaz de sentir, a pesar del sufrimiento.

Porque descubrimos que el que se fue no se llevó consigo el sol ni dejó en su lugar las tinieblas. Simplemente se fue, y cada adiós trae escondida la esperanza.

Es mejor haber amado y perdido que no haber amado jamás.

Nuestra única y verdadera elección es sumergirnos en el misterio de esta fuerza incontrolable. Aunque podamos decir «Ya he sufrido mucho y sé que esto no va a durar» y alejar el Amor del umbral de nuestra puerta, si lo hacemos estaremos muertos para la vida.

Porque la naturaleza es la manifestación del Amor de Dios. A pesar de todo lo que hacemos, ella aún nos ama. Por tanto, respetemos y entendamos lo que nos enseña.

Amamos porque el Amor nos libera. Y empezamos a decir las palabras que no teníamos coraje de susurrarnos a nosotros mismos.

Tomamos la decisión que estábamos aplazando.

Aprendemos a decir «no» sin considerar esa palabra como algo maldito.

Aprendemos a decir «sí» sin temer las consecuencias.

Olvidamos todo lo que nos enseñaron respecto al amor, porque cada encuentro es diferente y trae consigo sus propias agonías y éxtasis.

Cantamos más alto cuando la persona amada está lejos y susurramos poemas cuando está cerca. Aun cuando no nos escuche o no les dé importancia a nuestros gritos y susurros.

No cerramos nuestros ojos al Universo y nos quejamos: «Está oscuro.» Mantenemos los ojos bien abiertos, pues sabemos que su luz puede llevarnos a hacer cosas impensables. Eso forma parte del amor.

Nuestro corazón está abierto al amor y lo entregamos sin miedo, porque ya no tenemos nada que perder.

Entonces descubrimos, al volver a casa, que alguien ya estaba allí esperándonos, buscando lo mismo que nosotros y sufriendo con las mismas angustias y ansiedades.

Porque el amor es como el agua que se transforma en nube: sube a los cielos y puede verlo todo de lejos, consciente de que un día volverá a la tierra.

Porque el amor es como la nube que se transforma en lluvia: se ve atraída por la tierra y fertiliza el campo.

Amor es sencillamente una palabra, hasta el momento en el que decidimos dejar que nos posea con toda su fuerza.

Amor es sencillamente una palabra, hasta que alguien llega para darle un sentido.

No desistas. Normalmente, es la última llave del llavero la que abre la puerta.

Pero un joven discrepó:
«Tus palabras son bellas, pero en verdad
nunca tenemos muchas alternativas.
La vida y nuestra comunidad
ya se han encargado de planear
nuestro destino.»

Un anciano añadió:
«Yo ya no puedo volver atrás
y recuperar los momentos perdidos.»

Y él respondió:

Lo que voy a decir ahora puede no tener ninguna utilidad en la víspera de una invasión. Aun así, anotad mis palabras y recordadlas para que algún día todos puedan saber cómo vivíamos en Jerusalén.

Después de reflexionar un poco, el Copto continuó:

Nadie puede volver atrás, pero todos podéis seguir adelante.

Y mañana, cuando el sol salga, será suficiente con repetirse a uno mismo:

Voy a ver este día como si fuese el primero de mi vida.

Veré a mi familia con sorpresa y asombro, alegre por descubrir que están a mi lado y que compartimos en silencio algo llamado amor, de lo que mucho se habla y poco se entiende.

Pediré permiso para acompañar la primera caravana que aparezca en el horizonte, sin preguntar hacia dónde se dirige. Y dejaré de seguirla cuando algo interesante me llame la atención.

Pasaré ante un mendigo que me pedirá una limosna. Tal vez se la dé, tal vez crea que se la va a gastar en bebida y siga adelante. Y, cuando escuche sus insultos, entenderé que ésa es su forma de comunicarse conmigo.

Me cruzaré con alguien que está intentando destruir un puente. Tal vez intente impedirlo, tal vez entienda que lo hace porque no tiene a nadie que lo espere al otro lado y, de esa manera, procura espantar su propia soledad.

Lo miraré todo y a todos como si fuese la primera vez, sobre todo las pequeñas cosas, a las que me he habituado olvidando la magia que las rodea. Las dunas del desierto, por ejemplo, que se mueven con una energía que no comprendo porque no puedo ver el viento.

En el pergamino que siempre llevo conmigo, en vez de anotar cosas que no puedo olvidar, escribiré un poema. Incluso sin haberlo hecho nunca e incluso si no vuelvo a hacerlo, sabré que tuve el coraje de convertir mis sentimientos en palabras.

Cuando llegue a una aldea que ya conozco, entraré por un camino diferente. Iré sonriendo, y los habitantes del lugar comentarán: «Está loco porque la guerra y la destrucción han dejado la tierra estéril.»

Pero seguiré sonriendo porque me agrada que piensen que estoy loco. Mi sonrisa es mi manera de decir: «Podéis acabar con mi cuerpo, pero no podéis destruir mi alma.»

Esta noche, antes de partir, me voy a dedicar a poner en orden el montón de cosas para las que nunca tuve paciencia. Y acabaré descubriendo que en ellas hay un poco de mi historia. Todas las cartas, todas las notas, recortes y recibos adquirirán vida propia y tendrán historias curiosas —del pasado y del futuro— que contarme. Tantas cosas en el mundo, tantos caminos recorridos, tantas entradas y salidas en mi vida.

Voy a ponerme una camisa que suelo usar siempre y, por primera vez, voy a fijarme en la manera como la cosieron. Voy a imaginar las manos que tejieron el algodón y el río en el que nacieron las fibras de la planta. Voy a entender que todas esas cosas ahora invisibles forman parte de la historia de mi camisa.

E incluso las cosas a las que estoy acostumbrado —como los zapatos que se convirtieron en una extensión de mis pies después de mucho usarlos— se verán revestidas del misterio del hallazgo. Puesto que camino hacia el futuro, él me ayudará con las marcas que quedaron después de tropezar cada vez en el pasado.

Que todo lo que toque mi mano, mis ojos vean y mi boca pruebe sea diferente, aunque siga igual. Así, todas esas cosas dejarán de ser naturaleza muerta y pasarán a explicarme por qué están conmigo durante tanto tiempo. Y manifestarán el milagro del reencuentro con emociones que la rutina ya había destruido.

Probaré el té que nunca bebí porque me dijeron que

era malo. Pasearé por una calle por donde nunca pasé porque me dijeron que no tenía nada de interesante. Y descubriré si quiero volver.

Quiero ver por primera vez el sol, si mañana hace sol.

Quiero ver hacia dónde caminan las nubes, si el tiempo está nublado. Siempre creo que no tengo tiempo o no me fijo lo suficiente. Pues bien, mañana me voy a concentrar en el camino de las nubes o en los rayos del sol y en las sombras que producen.

Encima de mi cabeza hay un cielo y, a lo largo de miles de años de observación, toda la humanidad ha tejido una serie de explicaciones razonables respecto de él.

Pues voy a olvidar todas las cosas que he aprendido acerca de las estrellas, y se transformarán de nuevo en ángeles, o en niños, o en cualquier cosa que me apetezca creer en ese momento.

El tiempo y la vida me han dado muchas explicaciones lógicas para todo, pero mi alma se alimenta de misterios. Necesito el misterio, ver en el trueno la voz de un dios enfurecido aunque muchos lo consideren una herejía.

Quiero llenar mi vida de fantasía otra vez: un dios enfurecido es mucho más curioso, aterrador e interesante que un fenómeno explicado por sabios.

Por primera vez voy a sonreír sin culpa, porque la alegría no es un pecado.

Por primera vez voy a evitar todo lo que me hace sufrir, porque el sufrimiento no es una virtud.

No me voy a quejar de la vida diciendo: da todo igual, no puedo hacer nada para cambiar. Porque estoy viviendo este día como si fuera el primero y voy a descubrir con él cosas que nunca he sabido que estaban ahí.

Aunque ya haya pasado por los mismos sitios infinidad de veces y haya dicho «Buenos días» a las mismas personas, hoy mi «Buenos días» será diferente. No serán palabras educadas, sino una manera de bendecir a los demás. Deseo que todos comprendan la importancia de estar vivos incluso cuando la tragedia nos ronda y nos amenaza.

Me voy a fijar en la letra de la canción que canta el músico en la calle, aunque la gente no lo escuche por tener el alma asfixiada por el miedo. La canción dice: «El amor reina, pero nadie sabe dónde está su trono. / Para conocer el lugar secreto, primero tengo que someterme a él.»

Y voy a tener el coraje de abrir la puerta del santuario que lleva hasta mi alma.

Quiero verme a mí mismo como si fuera la primera vez que estoy en contacto con mi cuerpo y mi alma.

Quiero ser capaz de aceptarme como soy. Una persona que camina, que siente, que habla como cualquier otra, pero que a pesar de sus defectos tiene coraje.

Quiero admirar mi gesto más sencillo, como hablar con un desconocido. Mis emociones más frecuentes, como sentir la arena tocándome la cara cuando sopla el viento que viene de Bagdad. Los momentos más tiernos, como contemplar a mi mujer durmiendo a mi lado e imaginar lo que está soñando.

Y si estoy solo en la cama, me acercaré a la ventana, miraré al cielo y tendré la certeza de que la soledad es una mentira: el Universo me acompaña.

Entonces habré vivido cada hora del día como una constante sorpresa para mí mismo. Este Yo que no fue creado ni por mi padre, ni por mi madre, ni por mi escuela, sino por todo lo que he vivido hasta hoy, lo que olvidé de repente y ahora estoy descubriendo otra vez.

Y aunque éste sea mi último día en la Tierra, lo aprovecharé al máximo, porque lo viviré con la inocencia de un niño, como si lo estuviera haciendo todo por primera vez.

Y la esposa de un
comerciante le pidió:
«Háblanos de sexo.»

Y él respondió:

Hombres y mujeres murmuran entre ellos porque han convertido un gesto sagrado en un acto pecaminoso.

Éste es el mundo en el que vivimos. Y robar el presente de su realidad es peligroso. Pero la desobediencia puede ser una virtud cuando sabemos usarla.

Si los cuerpos simplemente se unen, no hay sexo, sólo placer. El sexo va mucho más allá del placer.

En él caminan juntos la relajación y la tensión, el dolor y la alegría, la timidez y el coraje de ir más allá de los límites.

¿Cómo poner en sintonía tantos estados opuestos? Sólo hay una manera: a través de la entrega.

Porque el acto de la entrega significa: «Yo confío en ti.»

No basta imaginar todo lo que podría suceder si nos permitiésemos unir sólo nuestros cuerpos. También debemos unir nuestras almas.

Sumerjámonos juntos, por tanto, en el peligroso camino de la entrega. Aunque sea peligroso, se trata del único que debemos recorrer.

Y aunque eso provoque grandes transformaciones en nuestro mundo, no tenemos nada que perder, porque ganamos el amor total, abrimos la puerta que une el cuerpo al espíritu.

Olvidemos lo que nos enseñaron: que es noble dar y humillante recibir.

Porque, para la mayoría de las personas, la generosidad consiste sólo en dar. Pero recibir es también un acto de amor. Permitir que el otro nos haga feliz también lo hará feliz a él.

En el acto sexual, cuando somos excesivamente generosos y nuestra mayor preocupación es la pareja, nuestro placer también puede disminuir, o desaparecer.

Cuando somos capaces de dar y de recibir con la misma intensidad, el cuerpo se pone tenso como la cuerda de un arco, pero la mente se relaja, como la flecha que se prepara para que el arquero la dispare. El cerebro ya no maneja el proceso; el instinto es el único guía.

Cuerpo y alma se encuentran, y la Energía Divina se esparce. No sólo en aquellas zonas que muchos consideran eróticas. Cada pelo, cada trozo de piel emanan una luz de un color diferente, lo que provoca que dos ríos se transformen en uno solo más poderoso y más bello.

Todo lo que es espiritual se manifiesta de forma visible, todo lo que es visible se transforma en energía espiritual.

Todo está permitido, si todo se acepta.

El Amor, a veces, se cansa de hablar sólo un lenguaje suave. Pues dejemos que se manifieste en todo su esplendor, que arda como el sol y destruya bosques con su viento.

Si un miembro de la pareja se entrega totalmente, el otro hará lo mismo, ya que la vergüenza se acabará transformando en curiosidad. Y la curiosidad nos lleva a explorar todo aquello que no conocíamos en nosotros mismos.

Procurad ver el sexo como una ofrenda. Un ritual de transformación. Como en todo ritual, el éxtasis está presente y glorifica el final, pero no es el único objetivo. Lo más importante es recorrer con nuestro compañero la carretera que nos ha llevado a un territorio desconocido, donde encontramos oro, incienso y mirra.

Dad a lo sagrado el sentido de lo sagrado. Y en caso de que surjan momentos de duda, siempre es necesario recordar: no estamos solos en estos momentos, ambas partes sienten lo mismo.

Abrid sin temor la caja secreta de vuestras fantasías. El coraje de uno estimulará la valentía del otro.

Y los verdaderos amantes podrán entrar en el jardín de la belleza sin temor a que nadie los juzgue. Ya no serán dos cuerpos y dos almas que se encuentran, sino una única fuente de la que brota la verdadera agua de la vida.

Las estrellas contemplarán sus cuerpos desnudos, y ellos no sentirán vergüenza. Los pájaros volarán cerca, y los amantes imitarán el ruido de las aves. Los animales salvajes se acercarán con cautela, porque más salvaje es lo que están viendo. Y agacharán la cabeza en señal de respeto y sumisión.

Y el tiempo dejará de existir. Porque, en la tierra del placer que nace en el verdadero amor, todo es infinito.

Y uno de los combatientes
que se preparaba para morir
al día siguiente, pero aun así
había decidido ir hasta allí para escuchar
lo que el Copto tenía que decir, comentó:
«Nos obligaron a separarnos cuando
queríamos estar unidos. Las ciudades
en la ruta de los invasores acabaron
sufriendo las consecuencias de algo
que no eligieron. ¿Qué deben decirles
a sus hijos los supervivientes?»

Y él respondió:

Nacemos solos y moriremos solos. Pero, mientras estamos en este planeta, debemos confiar en otras personas y glorificar ese acto de fe.

La comunidad es la vida: de ella viene nuestra capacidad de supervivencia. Era así cuando vivíamos en las cavernas, y sigue siendo igual hoy en día.

Respeta a aquellos que crecieron y aprendieron contigo. Respeta a aquellos que te enseñaron. Cuando llegue el día, cuenta tus historias a los demás, así la comunidad podrá seguir existiendo y las tradiciones seguirán siendo las mismas.

El que no comparte con los demás las alegrías y los momentos de desánimo jamás conocerá sus propias cualidades ni sus defectos.

Sin embargo, estarás siempre alerta al peligro que merodea por la comunidad: la gente normalmente se siente atraída por un comportamiento común. Toman como modelo las propias limitaciones, que están llenas de prejuicios y de miedos.

Ése es un precio muy alto que hay que pagar, porque para que te acepten tendrás que ser del agrado de todos.

Y eso no es una demostración de amor hacia la comunidad. Es una demostración de falta de amor por ti mismo.

Los demás sólo aman y respetan al que se ama y se respeta a sí mismo. No intentes nunca agradar a todo el mundo, o perderás el respeto de todos.

Busca a tus aliados y amigos entre la gente que está convencida de lo que hace y de lo que es.

No digo: busca al que piensa igual que tú. Digo: busca al que piensa diferente y al que nunca conseguirás convencer de que eres tú el que está en lo cierto.

Porque la amistad es una de las muchas caras del Amor, y el Amor no se deja llevar por las opiniones: acepta incondicionalmente al compañero, y cada uno crece a su manera.

La amistad es un acto de fe en otra persona, no un acto de renuncia.

No intentes que te amen a cualquier precio, porque el Amor no tiene precio.

Tus amigos no son aquellos que atraen la mirada de los presentes, no son aquellos de los que todo el mundo afirma: «No hay nadie mejor, más generoso ni con más virtudes en todo Jerusalén.»

Son aquellos que no pueden quedarse esperando a que las cosas sucedan para después decidir cuál es la actitud que deben adoptar: deciden a medida que actúan, aun sabiendo que eso puede ser muy arriesgado.

Son personas libres que cambian de dirección cuando la vida lo exige. Exploran nuevos caminos, cuentan sus aventuras y, con eso, enriquecen la ciudad y la aldea.

Si fueron por un camino peligroso y equivocado, nunca te dirán: «No hagas eso.»

Simplemente te dirán: «Fui por un camino peligroso y equivocado.»

Porque respetan tu libertad de la misma manera que tú los respetas.

Evita a toda costa a aquellos que sólo están a tu lado en los momentos de tristeza con palabras de consuelo. Porque ésos, en realidad, se están diciendo a sí mismos: «Yo soy más fuerte. Soy más sabio. Yo no habría dado ese paso.»

Quédate junto a aquellos que están a tu lado en las horas de alegría. Porque en esas almas no hay celos ni envidia, solamente felicidad por verte feliz.

Evita a los que se creen más fuertes. Porque en realidad están escondiendo su propia fragilidad.

Únete a los que no temen ser vulnerables. Porque ésos tienen confianza en sí mismos, saben que todo el mundo tropieza en algún momento y no lo interpretan como una señal de cobardía, sino de humanidad.

Evita a aquellos que hablan mucho antes de actuar, aquellos que nunca han dado un paso sin estar seguros de que los respetarían por ello.

Únete al que nunca te ha dicho al equivocarte: «Yo lo habría hecho de otra manera.» Porque, si no lo hizo, nunca te juzgará.

Evita a los que buscan amigos para mantener una condición social o para que les abran puertas a las que nunca pudieron acercarse.

Únete a aquellos que la única puerta importante que quieren abrir es la de tu corazón. Y que jamás invadirán tu alma sin tu consentimiento, y que jamás usarán esa puerta abierta para disparar una flecha mortal.

La amistad tiene las cualidades de un río: moldea las rocas, se adapta a los valles y las montañas, a veces se transforma en lago hasta que la depresión está llena y puede seguir su camino.

Porque así como el río no olvida que su objetivo es el mar, la amistad no olvida que su única razón de existir es demostrar amor por los demás.

Evita a aquellos que dicen: «Se acabó, tengo que dejarlo.» Porque ésos no entienden que ni la vida ni la muerte tienen fin; son solamente etapas de la eternidad.

Únete a los que dicen: «Aunque todo está bien, tenemos que seguir adelante.» Porque saben que siempre hay que ir más allá de los horizontes conocidos.

Evita a los que se reúnen para debatir con pretenciosa seriedad las decisiones que la comunidad debe tomar. Ésos entienden de política, brillan delante de los demás e intentan demostrar su sabiduría. Pero no entienden que es imposible controlar la caída de un solo pelo de la cabeza. Aunque la disciplina es importante, debe dejar las puertas y ventanas abiertas a la intuición y a lo inesperado.

Únete a los que cantan, cuentan historias, disfrutan de la vida y tienen alegría en los ojos. Porque la alegría es contagiosa y siempre consigue descubrir una solución donde la lógica sólo encontró una explicación para el error.

Únete a los que dejan que la luz del Amor se manifieste sin restricciones, sin juicios, sin recompensas, sin verse jamás bloqueada por el miedo a que no la comprendan.

No importa cómo te sientas, levántate todas las mañanas y prepárate para emitir tu luz.

Los que no están ciegos verán tu brillo y se maravillarán con él.

Y una chica que casi nunca salía de casa
porque creía que nadie se interesaba por
ella dijo: «Instrúyenos en la elegancia.»
La plaza entera murmuró:
«¿Cómo hace una pregunta así en vísperas
de la invasión de los cruzados,
cuando la sangre va a correr
por todas las calles de la ciudad?»
Pero el Copto sonrió, y su sonrisa no era
de escarnio, sino de respeto por el coraje
de la chica.

Y él respondió:

La elegancia normalmente se confunde con la superficialidad y la apariencia. Nada más equivocado que eso. Algunas palabras son elegantes, otras consiguen herir y destruir, pero todas se escriben con las mismas letras. Las flores son elegantes, aunque estén escondidas entre las hierbas del campo. La gacela que corre es elegante, aunque esté huyendo del león.

La elegancia no es una cualidad externa, sino una parte del alma que es visible para los demás.

E incluso en las pasiones más turbulentas, la elegancia no deja que los verdaderos lazos entre dos personas se rompan.

No está en la ropa que usamos, sino en la manera como la usamos.

No está en la manera de empuñar la espada, sino en el diálogo que puede evitar una guerra.

La elegancia se alcanza cuando desechamos todo lo superfluo y descubrimos la sencillez y la concentración: cuanto más sencilla y más sobria sea la postura, más bella será.

¿Y qué es la sencillez? Es el encuentro con los verdaderos valores de la vida.

La nieve es bonita porque sólo tiene un color.

El mar es bonito porque parece una superficie plana.

El desierto es bello porque parece un simple campo de arena y rocas.

Pero cuando nos acercamos a cada uno de ellos, descubrimos que son profundos, íntegros, y entendemos qué cualidades tienen.

Las cosas más sencillas de la vida son las más extraordinarias. Dejad que se manifiesten.

Mirad los lirios del campo: no tejen ni hilan. Y, sin embargo, ni Salomón, con toda su gloria, se vistió como ellos.

Cuanto más se acerca el corazón a la sencillez, mejor puede amar sin restricciones y sin miedo. Cuanto más ama sin miedo, mejor puede mostrar elegancia en cada pequeño gesto.

La elegancia no es una cuestión de gusto. Cada cultura tiene una manera de ver la belleza, y muchas veces es completamente diferente a la nuestra.

Pero en todas las tribus, en todos los pueblos, hay valores que demuestran la elegancia: hospitalidad, respeto, delicadeza en los gestos.

La arrogancia atrae el odio y la envidia. La elegancia despierta el respeto y el Amor.

La arrogancia nos hace humillar al prójimo. La elegancia nos enseña a caminar por la luz.

La arrogancia complica las palabras, porque cree que la inteligencia es sólo para algunos elegidos. La elegancia transforma pensamientos complejos en algo que todos puedan entender.

Todo hombre anda con elegancia y transmite luz a su alrededor cuando recorre el camino que ha escogido.

Sus pasos son firmes, su mirada es precisa, su movimiento es bello. E incluso en los momentos más difíciles, sus adversarios no ven en él signos de debilidad, porque la elegancia lo protege.

Aceptamos y admiramos la elegancia porque ésta no hace ningún esfuerzo para ser como es.

Sólo el Amor da forma a lo que antes era imposible siquiera soñar.

Y sólo la elegancia permite que esa forma se pueda manifestar.

Y un hombre que siempre
se despertaba temprano para
llevar sus rebaños a los pastos
que rodeaban la ciudad comentó:
«El griego estudió
para decir cosas bellas,
mientras nosotros debemos
mantener a nuestras familias.»

Y él respondió:

Las palabras bellas las dicen los poetas. Y un día alguien escribirá:

Dormí y creí que la vida era sólo alegría.
Desperté y descubrí que la vida era deber.
Cumplí mi deber y descubrí que la vida era alegría.

El trabajo es la manifestación del Amor que une a los seres humanos. Por medio de él, descubrimos que no somos capaces de vivir sin el otro y que el otro también necesita de nosotros.

Hay dos tipos de trabajo.

El primero es el que la gente hace sólo por deber y para ganarse el pan de cada día. En ese caso, las personas sólo venden su tiempo, sin entender que jamás podrán volver a comprarlo.

Se pasan la vida entera soñando con el día en que podrán por fin descansar. Cuando ese día llega, ya están demasiado viejos para disfrutar de todo lo que la vida les puede ofrecer.

Esas personas jamás asumen la responsabilidad de sus actos. Dicen: «No tengo elección.»

Pero está el segundo tipo de trabajo.

Aquel que la gente también acepta para ganarse el pan de cada día, pero en el que procuran ocupar cada minuto con dedicación y amor a los demás.

A ese segundo trabajo lo llamamos Ofrenda. Porque puede haber dos personas que cocinan la misma comida y usan exactamente los mismos ingredientes; pero una de ellas puso Amor en lo que hacía, mientras que la otra sólo intentaba alimentarse. El resultado será completamente diferente, aunque el amor no se pueda ver ni pesar en una balanza.

La persona que hace la Ofrenda siempre recibe una recompensa. Cuanto más comparte su afecto, más se multiplica su afecto.

Cuando la Energía Divina puso el Universo en movimiento, todos los astros y estrellas, todos los mares y bosques, todos los valles y montañas recibieron la oportunidad de participar en la Creación. Y lo mismo sucedió con todos los hombres.

Algunos dijeron: «No queremos. No vamos a ser capaces de corregir lo que está mal y castigar la injusticia.»

Otros dijeron: «Con el sudor de mi frente regaré el campo, y ésa será mi manera de alabar al Creador.»

Pero vino el demonio y susurró con su voz melosa: «Tienes que cargar con esa roca hasta lo alto de la montaña todos los días y, al llegar, la piedra volverá a caer otra vez para abajo.»

Y todos los que creyeron al demonio dijeron: «La vida no tiene otro sentido que repetir la misma tarea.»

Y los que no creyeron al demonio contestaron: «Pues entonces voy a amar la piedra que tengo que subir hasta lo alto de la montaña. Así, cada minuto a su lado será un minuto cerca de lo que amo.»

La Ofrenda es la oración sin palabras. Y como toda oración exige disciplina. Pero la disciplina no es esclavitud, sino una elección.

No vale de nada decir: «La suerte ha sido injusta conmigo. Mientras algunos recorren el camino del sueño, yo estoy aquí haciendo mi trabajo y ganando mi sustento.»

La suerte no es injusta con nadie. Todos nosotros somos libres para amar o detestar lo que hacemos.

Cuando amamos, encontramos en nuestra actividad diaria la misma alegría que aquellos que un día partieron en busca de sus sueños.

Nadie puede conocer la importancia y la grandeza de lo que hace. En eso reside el misterio y la belleza de la Ofrenda: es la misión que se nos ha confiado, y tenemos que confiar en ella.

El labrador puede plantar, pero no puede decirle al sol: «Brilla con más fuerza esta mañana.» No puede decirles a las nubes: «Haced que llueva hoy por la tarde.» Tiene que hacer lo necesario: arar el campo, poner las semillas y aprender el don de la paciencia por medio de la contemplación.

Tendrá momentos de desesperación cuando vea su cosecha perdida y crea que su trabajo fue en vano. También aquel que partió en busca de sus sueños pasa por momentos en los que se arrepiente de su elección, y todo lo que desea es volver y encontrar un trabajo que le permita vivir.

Pero, al día siguiente, el corazón de cada trabajador o de cada aventurero sentirá más euforia y confianza. Ambos verán los frutos de la Ofrenda y se alegrarán.

Porque ambos están cantando la misma canción: la canción de la alegría en la tarea que se les ha confiado.

El poeta morirá de hambre si no existe el pastor. El pastor morirá de tristeza si no puede cantar los versos del poeta.

A través de la Ofrenda, permites que los demás puedan amarte.

Y aprendes a amar a los demás a través de lo que te ofrecen.

Y el mismo hombre
que había preguntado
sobre el trabajo insistió:
«¿Y por qué algunas personas
tienen más éxito que otras?»

Y él respondió:

El éxito no nos lo brinda el reconocimiento ajeno. Es el resultado de aquello que plantaste con amor.

Cuando llega el momento de cosechar, puedes decir: «Lo he conseguido.»

Has conseguido que tu trabajo fuese respetado, porque no lo realizaste sólo para sobrevivir, sino para demostrar tu amor por los demás.

Has conseguido terminar lo que empezaste, aunque no hubieses previsto las trampas del camino. Y cuando el entusiasmo disminuyó debido a las dificultades, echaste mano de la disciplina. Y cuando la disciplina parecía desaparecer debido al cansancio, utilizaste esos momentos de descanso para pensar en los pasos que había que dar en el futuro.

No te dejaste paralizar por las derrotas que salpican la vida de todos aquellos que arriesgan algo. No te quedaste pensando en lo que perdiste cuando tuviste una idea que no funcionó.

No paraste en los momentos de gloria. Porque aún no habías alcanzado el objetivo. Y cuando entendiste que era necesario pedir ayuda, no te sentiste humillado. Y cuando supiste que alguien necesitaba ayuda, le enseñaste todo lo que habías aprendido, sin pensar que estabas revelando secretos o que te estaban utilizando.

Porque al que llama se le abre la puerta.

El que pide sabe que recibirá.

El que consuela sabe que será consolado.

Aunque todo eso no suceda cuando se espera, tarde o temprano será posible ver el fruto de lo que se ha compartido con generosidad.

El éxito llega para aquellos que no pierden el tiempo comparando lo que ellos hacen con lo que hacen los demás. Y entra en la casa del que dice todos los días: «Voy a dar lo mejor de mí mismo.»

La gente que sólo busca el éxito casi nunca lo encuentra, porque no es un fin en sí mismo, sino una consecuencia.

Obsesionarse no ayuda en nada, confunde los caminos y acaba con el placer de vivir.

No todo el que tiene un montón de oro del tamaño de la colina que hay al sur de la ciudad es rico. Rico es el que está en contacto con la energía del Amor cada segundo de su existencia.

Hay que tener un objetivo en la mente. Pero, a medida que vamos progresando, no cuesta nada parar de vez en cuando y disfrutar un poco del panorama que nos rodea. Por cada metro conquistado, puedes ver un poco más allá y aprovechar para descubrir cosas que aún no habías visto.

En esos momentos, es importante reflexionar: «¿Siguen intactos mis valores? ¿Intento agradar a los demás y hacer lo que esperan de mí, o realmente estoy convencido de que mi trabajo es la manifestación de mi alma y de mi entusiasmo? ¿Quiero conseguir el éxito a cualquier precio, o quiero ser una persona con éxito porque mis días están llenos de Amor?»

Pues la manifestación del éxito es ésta: enriquecer la vida, no abarrotar tus cofres con oro.

Porque un hombre puede decir: «Voy a utilizar mi dinero para sembrar, plantar y recoger, y de este modo llenaré mi granero con el fruto de la cosecha, para que no me falte de nada.» Pero aparece la Dama de la Guadaña, y todo su esfuerzo habrá sido inútil.

El que tenga oídos que oiga.

No intentes acortar el camino, sino recorrerlo de tal manera que cada acción haga más sólido el terreno y más hermoso el paisaje.

No intentes ser el Señor del Tiempo. Si coges antes los frutos que plantaste, estarán verdes y no le gustarán a nadie. Si, por miedo o inseguridad, decides postergar el momento de hacer la Ofrenda, los frutos estarán podridos.

Por tanto, respeta el tiempo entre la siembra y la cosecha.

Y después aguarda el milagro de la transformación.

Mientras el trigo aún está en el horno, no se lo puede llamar pan.

Mientras las palabras están atrapadas en la garganta, no se las puede llamar poema.

Mientras los hilos no estén unidos por las manos de quien los trabaja, no se los puede llamar tejido.

Cuando llegue el momento de mostrarles a los demás tu Ofrenda, todos quedarán admirados y dirán: «He ahí a un hombre de éxito, porque todo el mundo desea los frutos de su trabajo.»

Nadie preguntará cuánto costó conseguirlos. Porque el que trabaja con amor hace que la belleza de lo realizado sea tan intensa que ni siquiera se puede percibir con los ojos. Así como el acróbata vuela por el espacio sin mostrar tensión alguna, el éxito —cuando llega— parece la cosa más natural del mundo.

Sin embargo, si alguien osase preguntar, la respuesta sería: pensé en desistir, creí que Dios ya no me escuchaba, muchas veces tuve que cambiar de rumbo y, en otras ocasiones, abandoné mi camino. Pero, a pesar de todo, volví y seguí adelante, porque estaba convencido de que no había otra manera de vivir mi vida.

Aprendí qué puentes debía cruzar y qué puentes tenía que destruir para siempre.

Soy el poeta, el agricultor, el artista, el soldado, el cura, el comerciante, el vendedor, el maestro, el político, el sabio, y el que sólo cuida de su casa y de sus hijos.

Sé que hay muchas personas más célebres que yo y, en muchos casos, esa celebridad es merecida. En otros casos, es una simple manifestación de vanidad o ambición, y no resistirá el paso del tiempo.

¿Qué es el éxito?

Es poder irse a la cama cada noche con el alma en paz.

Y Almira, que aún creía
que un ejército de ángeles
y arcángeles bajaría de los cielos
para proteger la ciudad sagrada,
le pidió: «Háblanos del milagro.»

✶

Y él respondió:

¿Qué es un milagro?

Podemos definirlo de varias formas: es algo que va contra las leyes de la naturaleza, es una intercesión en momentos de crisis profunda, son sanaciones, visiones y encuentros imposibles, es que alguien nos ayude a esquivar a la Dama de la Guadaña.

Todas esas definiciones son verdaderas. Pero el milagro va más allá: es aquello que de repente llena nuestros corazones de Amor. Cuando eso sucede, sentimos una profunda reverencia por la gracia que Dios nos ha concedido.

Por tanto, Señor, el milagro nuestro de cada día dánoslo hoy.

Aunque no seamos capaces de notarlo porque nuestra mente parece estar concentrada en grandes hechos y conquistas. Aunque estemos demasiado ocupados con nuestra rutina diaria como para saber de qué modo ha cambiado nuestro camino.

Que, cuando estemos solos y deprimidos, tengamos los ojos abiertos y podamos observar la vida que nos rodea: la flor que nace, las estrellas que se mueven en el cielo, el canto distante del pájaro o la voz cercana del niño.

Que podamos entender que hay ciertas cosas tan importantes que es necesario descubrirlas sin la ayuda de nadie. Y que en ese momento no nos sintamos desamparados: Tú nos acompañas y estás preparado para intervenir si nuestro pie se aproxima peligrosamente al abismo.

Que podamos seguir adelante, a pesar de todo el miedo, y aceptar lo inexplicable, a pesar de nuestra necesidad de explicarlo y conocerlo todo.

Que comprendamos que la fuerza del Amor reside en sus contradicciones. Y que el Amor se conserva porque cambia, y no porque permanece estable y sin desafíos.

Y que, cada vez que veamos que se exalta lo humilde y que se humilla lo arrogante, podamos también ver en ello el milagro.

Que, cuando nuestras piernas estén cansadas, podamos caminar con la fuerza de nuestro corazón. Que, cuando nuestro corazón esté fatigado, podamos aun así seguir adelante con la fuerza de la Fe.

Que podamos ver en cada grano de arena del desierto la manifestación del milagro de la diferencia, lo que nos alentará para aceptarnos tal como somos. Porque, del mismo modo que no hay dos granos de arena iguales en todo el mundo, tampoco hay dos seres humanos que piensen y actúen de la misma manera.

Que podamos tener humildad a la hora de recibir y alegría en el momento de dar.

Que podamos entender que la sabiduría no está en las respuestas que recibimos, sino en el misterio de las preguntas que enriquecen nuestra vida.

Que nunca nos veamos atrapados por las cosas que creemos conocer, porque en realidad poco sabemos del Destino. Pero que eso nos lleve a comportarnos de manera impecable y a utilizar cuatro virtudes que debemos conservar: valor, elegancia, amor y amistad.

Señor, el milagro nuestro de cada día dánoslo hoy.

Del mismo modo que varios caminos llevan a lo alto de la montaña, hay muchos caminos para poder alcanzar nuestro objetivo. Que podamos reconocer el único que merece la pena recorrer: aquel en el que el Amor se manifiesta.

Que, antes de despertar el amor en los demás, podamos despertar el Amor que duerme dentro de nosotros mismos. Sólo así podremos atraer el afecto, el entusiasmo, el respeto.

Que sepamos distinguir entre nuestras luchas, las luchas hacia las que nos vemos empujados en contra de nuestra voluntad y las que no podemos evitar porque el destino las puso en nuestro camino.

Que nuestros ojos se abran y que veamos que nunca

vivimos dos días iguales. Cada uno trae un milagro diferente, que hace que sigamos respirando, soñando y caminando bajo el sol.

Que nuestros oídos también se abran para escuchar las palabras adecuadas que surgen de repente de la boca de nuestros semejantes, aunque no hayamos pedido consejo y ninguno de ellos sepa qué pasa en nuestra alma en ese momento.

Y que, cuando abramos la boca, podamos no sólo hablar la lengua de los hombres, sino también la lengua de los ángeles, y decir: «Los milagros no contravienen las leyes de la naturaleza; pensamos de esa manera porque, en realidad, no conocemos las leyes de la naturaleza.»

Y que, en el momento en que consigamos conocerlas, podamos entonces bajar la cabeza en señal de respeto y decir: «Estaba ciego y ahora puedo ver. Estaba mudo y ahora puedo hablar. Estaba sordo y ahora puedo oír. Porque obraron en mí las maravillas de Dios, y todo lo que creía perdido ha regresado.»

Porque así se obran los milagros.

Descorren el velo y lo cambian todo, pero no nos dejan ver lo que hay más allá del velo.

Nos hacen escapar ilesos del valle de las sombras y de la muerte, pero no nos dicen por qué camino nos condujeron hasta las montañas de la alegría y de la luz.

Abren puertas que estaban cerradas con candados imposibles de romper, pero no usan ninguna llave.

Rodean los soles con planetas para que no se sientan solos en el Universo, e impiden que los planetas se acerquen demasiado para que los soles no los devoren.

Convierten el trigo en pan a través del trabajo, la uva en vino a través de la paciencia y la muerte en vida a través de la resurrección de los sueños.

Por tanto, Señor, danos hoy el milagro nuestro de cada día.

Y perdónanos si no somos capaces de reconocerlo siempre.

Y un hombre que escuchaba
los cantos de guerra que llegaban
del otro lado de las murallas
y que temía por él y por su familia le pidió:
«Háblanos de la ansiedad.»

Y él respondió:

No hay nada de malo en la ansiedad.

Aunque no podamos controlar el tiempo de Dios, forma parte de la condición humana que deseemos recibir lo más rápido posible aquello que esperamos.

O alejar inmediatamente aquello que nos causa pavor.

Eso sucede desde nuestra infancia hasta el momento en el que la vida comienza a dejarnos indiferentes. Porque, mientras estemos intensamente conectados con el momento presente, estaremos siempre esperando con ansiedad a alguien o algo.

¿Cómo decirle a un corazón apasionado que esté tranquilo, que contemple los milagros de la Creación en silencio, que se libere de las tensiones, de los miedos y de las preguntas sin respuesta?

La ansiedad forma parte del amor, y no hay que culparla por ello.

¿Cómo decirle a alguien que ha invertido su vida y sus bienes en un sueño, y no obtiene resultados, que no se preocupe? Aunque el agricultor no puede acelerar el paso de las estaciones para recoger el fruto de lo que ha plantado, espera impaciente la llegada del otoño y de la cosecha.

¿Cómo pedirle a un guerrero que no esté ansioso antes de un combate?

Se ha entrenado hasta el agotamiento para ese momento, ha dado lo mejor de sí mismo, cree estar preparado, pero teme que los resultados no sean los que espera.

Por tanto, la ansiedad nace con el hombre. Y, como nunca vamos a poder dominarla, hemos de aprender a convivir con ella del mismo modo que el hombre ha aprendido a convivir con las tempestades.

Sin embargo, para aquellos que no consigan aprender a convivir con ella, la vida está destinada a ser una pesadilla.

Lo que deberían agradecer —cada una de las horas que forman un día— se convierte en una maldición. Quieren que el tiempo pase más rápido, sin darse cuenta de que eso también los conduce más rápido al encuentro de la Dama de la Guadaña.

Y lo que es peor: para intentar alejar la ansiedad, hacen cosas que los ponen más nerviosos todavía.

Una madre, mientras espera que su hijo regrese a casa, empieza a imaginar lo peor.

«Mi amada es mía y yo soy suyo. Cuando se fue, la busqué por las calles de la ciudad y no la encontré.» Y por cada esquina por la que paso, y por cada persona a la que le pregunto y no obtengo noticias, dejo que la ansiedad normal del amor se transforme en desesperación.

El trabajador, mientras aguarda el fruto de su trabajo, procura ocuparse con otras tareas, y cada una de ellas le supondrá más momentos de espera. Poco tiempo después, la ansiedad de uno se convirtió en la ansiedad de muchos, y ya no es capaz de mirar al cielo, ni a las estrellas, ni a los niños que juegan en la calle.

Y la madre, el amado y el trabajador dejan de vivir sus vidas y sólo esperan lo peor, hacen caso de los rumores, se quejan de que el día no se acaba nunca. Se vuelven agresivos con los amigos, con la familia, con los empleados. Se alimentan mal, comen mucho o no pueden ingerir nada. Y, por la noche, ponen la cabeza sobre la almohada, pero no pueden dormir.

Es entonces cuando la ansiedad teje un velo, y ya no son los ojos del cuerpo, sino los del alma, los que ven.

Y los ojos del alma están turbios porque no descansan.

En ese momento, se instala en nosotros uno de los peores enemigos del ser humano: la obsesión.

La obsesión llega y dice:

«Tu destino a partir de ahora me pertenece. Haré que busques cosas que no existen.

»Tu alegría de vivir también me pertenece. Porque tu corazón ya no tendrá paz, porque estoy expulsando el entusiasmo y ocupando su lugar.

»Dejaré que el miedo se esparza por el mundo y estarás siempre aterrado, sin saber por qué. No necesitas saberlo: tienes que estar aterrado, y así alimentar cada vez más el miedo.

»Tu trabajo, que antes era una Ofrenda, ahora es mío. Los demás dirán que eres un ejemplo porque te esfuerzas más allá de tus límites, y les sonreirás y agradecerás el cumplido.

»Pero en tu corazón yo diré que tu trabajo ahora es mío y eso hará que te alejes de todo y de todos: de tus amigos, de tu hijo, de ti mismo.

»Trabaja más para conseguir no pensar. Trabaja más de la cuenta para dejar de vivir totalmente.

»Tu Amor, que antes era la manifestación de la Energía Divina, también me pertenece. Y esa persona a la que amas no podrá alejarse ni un momento siquiera, porque yo estoy en su alma y le digo: "Cuidado, puede que se marche y no vuelva."

»Tu hijo, que antes debía seguir su propio camino en el mundo, ahora va a ser mío. Así, haré que lo rodees de atenciones innecesarias, que acabes con su gusto por la aventura y por el riesgo, que lo hagas sufrir cada vez que te desagrade y se sienta culpable por no haberse comportado tal y como esperabas de él.»

Por tanto, aunque la ansiedad forme parte de la vida, no dejes nunca que sea ella la que controle tus movimientos.

Si se acerca demasiado, dile: «No me preocupa el día de mañana, porque Dios ya está allí, esperándome.»

Si intenta convencerte de que ocuparse de muchas cosas es disfrutar de una vida productiva, di: «Necesito ver las estrellas para inspirarme y poder hacer bien mi trabajo.»

Si te amenaza con el fantasma del hambre, di: «No sólo de pan vive el hombre, sino también de la palabra que viene del Cielo.»

Si te dice que tu amor tal vez no regrese, di: «Mi amada es mía, y yo soy suyo. En este momento, está apacentando los rebaños entre los ríos, y puedo escuchar su canto, incluso en la distancia. Cuando vuelva, estará cansada y feliz. Y yo le daré de comer y velaré su sueño.»

Si te dice que tu hijo, al que has dedicado todo tu amor, no te corresponde, contesta: «El exceso de cuidado destruye el alma y el corazón, porque vivir es un acto de coraje. Y un acto de coraje es siempre un acto de amor.»

De ese modo, mantendrás la ansiedad a distancia.

Ella no va a desaparecer nunca. Pero la verdadera sabiduría de la vida es entender que podemos ser señores de aquellas cosas que pretendían esclavizarnos.

Y un joven le pidió:
«Háblanos de lo que nos depara el futuro.»

Y él respondió:

Todos sabemos lo que nos espera en el futuro: la Dama de la Guadaña. Ésta puede llegar en cualquier momento, sin avisar, y decir: «Vamos, tienes que acompañarme.»

Y aunque no queramos, no tenemos elección. En ese momento, nuestra mayor alegría, o nuestra mayor tristeza, será mirar al pasado.

Y contestar a la pregunta: «¿Habré amado lo suficiente?»

Ama. No me refiero tan sólo al amor hacia otra persona. Amar significa estar disponible para los milagros, para las victorias y las derrotas, para todo lo que pasa durante cada día que se nos permite caminar sobre la faz de la Tierra.

Nuestra alma está gobernada por cuatro fuerzas invisibles: amor, muerte, poder y tiempo.

Hay que amar, porque Dios nos ama.

Hay que recordar la existencia de la Dama de la Guadaña para entender bien la vida.

Hay que luchar para crecer, pero sin caer en la trampa del poder que obtenemos con ello, porque sabemos que no vale nada.

Finalmente, hay que aceptar que nuestra alma —aunque sea eterna— en este momento está atrapada en la tela del tiempo, con sus oportunidades y limitaciones.

Nuestro sueño, el deseo que está en nuestra alma, no vino de la nada. Alguien lo puso allí. Y ese Alguien, que es puro amor y sólo quiere nuestra felicidad, lo hizo porque nos dio, además del deseo, las herramientas para hacerlo realidad.

Al pasar por un período difícil, recuerda: aunque hayas perdido grandes batallas, has sobrevivido y estás aquí.

Eso es una victoria. Demuestra tu alegría y celebra tu capacidad para seguir adelante.

Derrama generosamente tu amor por los campos y pastos, por las calles de la ciudad grande y por las dunas del desierto.

Demuestra que te importan los pobres, porque están ahí para que tú puedas manifestar la virtud de la caridad.

Y también que te importan los ricos, que desconfían de todo y de todos, mantienen sus graneros abarrotados y sus cofres llenos, pero a pesar de todo eso no son capaces de alejar la soledad.

Nunca pierdas una oportunidad para demostrar tu amor. Sobre todo hacia aquellos que están cerca, porque con ellos somos más cuidadosos, por miedo a que nos hagan daño.

Ama. Porque serás el primero en beneficiarte de ello.

El mundo a tu alrededor te recompensará, aunque en un primer momento pienses: «No entienden mi amor.»

El amor no hay que entenderlo. Sólo hay que demostrarlo.

Por tanto, lo que te reserva el futuro depende totalmente de tu capacidad de amar.

Y para eso debes tener absoluta y total confianza en lo que haces. No dejes que otros digan «Aquel camino es mejor» o «Este trayecto es más fácil».

El mayor don que Dios nos ha dado es el poder de nuestras decisiones.

Todos escuchamos desde niños que aquello que deseamos vivir es imposible. A medida que acumulamos años, acumulamos también las arenas de los prejuicios, los miedos, las culpas.

Libérate de eso. No mañana, ni hoy por la noche, sino en este momento.

Ya he dicho: muchos de nosotros creemos que herimos a las personas que amamos cuando lo dejamos todo en nombre de los sueños.

Pero aquellos que realmente nos desean el bien anhelan vernos felices, aunque no comprendan lo que hacemos y aunque, en un primer momento, utilicen amenazas, promesas o lágrimas para impedirnos seguir adelante.

La aventura de los días que vendrán ha de estar llena de romanticismo, porque el mundo lo necesita; por tanto, cuando estés montado en tu caballo, siente el viento en la cara y alégrate por la sensación de libertad.

Pero no olvides que tienes un largo viaje por delante. Si te entregas demasiado al romanticismo, puedes caer. Si no te paras a descansar, el caballo puede morir de sed o de cansancio.

Escucha el viento, pero no te olvides del caballo.

Y justo en el momento en el que todo está saliendo bien y tienes tu sueño casi al alcance de la mano, hay que estar más atento que nunca. Porque, cuando casi lo hayas conseguido, vas a tener un enorme sentimiento de culpa.

Verás que estás a punto de llegar a donde muchos otros no pudieron, y pensarás que no mereces lo que la vida te da.

Olvidarás todo lo que has superado, todo lo que has sufrido, todas las cosas a las que has tenido que renunciar. Y, debido a la culpa, puedes destruir inconscientemente lo que tanto te ha costado construir.

Éste es el más peligroso de los obstáculos, porque tiene en sí mismo cierta aura de santidad: renunciar a la conquista.

Pero si el hombre entiende que es digno de eso por

lo que tanto ha luchado, entonces se da cuenta de que en realidad no ha llegado solo. Y debe respetar la Mano que lo condujo.

Sólo entiende su propia dignidad aquel que ha sido capaz de honrar cada uno de sus pasos.

Y uno de aquellos que sabía escribir
y procuraba frenéticamente anotar
cada palabra que el Copto decía
paró para descansar y se sintió como
si estuviera en una especie de trance.
La plaza, los rostros cansados, los religiosos
que escuchaban en silencio,
todo aquello parecía parte de un sueño.
Y, para demostrarse a sí mismo
que aquello que estaba viviendo era real,
le pidió: «Háblanos de la lealtad.»

Y él respondió:

La lealtad se puede comparar con una tienda de valiosísimos jarrones de porcelana cuya llave nos ha confiado el Amor.

Cada uno de esos jarrones es bello porque es diferente. De la misma manera que son diferentes entre sí los hombres, las gotas de lluvia o las rocas que duermen en las montañas.

A veces, por culpa del tiempo o de un defecto inesperado, una estantería se suelta y cae. Y el dueño de la tienda dice: «He invertido mi tiempo y mi amor en esta colección durante todos estos años, pero los jarrones me han traicionado y se han roto.»

El hombre vende su tienda y se marcha. Se vuelve solitario y amargado, y piensa que nunca más va a poder confiar en nadie.

Es verdad que hay jarrones que se rompen: el pacto de lealtad se ha destruido. En ese caso, es mejor barrer los trozos y echarlos a la basura, porque lo que se rompió nunca más volverá a ser como era.

Pero la estantería otras veces se suelta a causa de cosas que están más allá de los designios humanos: puede ser un terremoto, una invasión enemiga, un descuido de alguien que entró en la tienda sin fijarse.

Hombres y mujeres se culpan unos a otros por el desastre. Dicen: «Alguien tenía que haber visto que esto iba a suceder.» O bien: «Si fuera yo el responsable, habría evitado esos problemas.»

Nada más falso. Todos nosotros estamos atrapados en las arenas del tiempo, y no tenemos ningún control sobre eso.

El tiempo pasa, el nuevo dueño de la tienda arregla esa estantería.

Pone en ella otros jarrones que luchaban para encontrar su lugar en el mundo. El dueño, que entiende que todo es pasajero, sonríe y dice: «La tragedia me ha dado una oportunidad y procuraré aprovecharla. Descubriré obras de arte que nunca pensé que existían».

La belleza de una tienda de jarrones de porcelana está en el hecho de que cada pieza es única. Pero, al ponerlas una al lado de la otra, muestran armonía y reflejan juntas el sudor del alfarero y el arte del pintor.

Cada una de esas obras de arte no puede decir: «Quiero que me pongan en un lugar destacado para salir de aquí.» Porque, en el momento preciso en el que eso suceda, se convertirá en un montón de trozos sin ningún valor.

Y así son los jarrones, y así son los hombres, y así son las mujeres.

Y así son las tribus, y así son los barcos, y así son los árboles y las estrellas.

Cuando lo entendamos, podremos sentarnos al final de la tarde al lado de nuestro vecino, escuchar con respeto lo que tiene que contar y decirle lo que necesita escuchar. Y ninguno de los dos intentará imponerle sus ideas al otro.

Además de las montañas que separan a las tribus, además de la distancia que separa los cuerpos, está la comunidad de los espíritus. Formamos parte de ella, y en ella no hay calles pobladas de palabras inútiles, sino grandes avenidas que unen lo que está distante, aunque de vez en cuando hay que reparar los daños que el tiempo ha provocado en ellas.

Así, la mujer nunca mirará al amante que regresa con desconfianza, porque la lealtad ha acompañado sus pasos.

Y el hombre que ayer era un enemigo, porque había una guerra, hoy podrá volver a ser un amigo, porque la guerra se acabó y la vida continúa.

El hijo que se marchó regresará a su debido tiempo y será rico por la experiencia adquirida en el camino. El padre lo recibirá con los brazos abiertos y les dirá a sus siervos: «Traed de prisa la mejor ropa; y vestidlo, ponedle un anillo en la mano y alpargatas en los pies, porque este hijo mío estaba muerto y revivió, se había perdido y fue hallado.»

Y un hombre, que tenía la frente
marcada por el tiempo
y el cuerpo lleno de cicatrices
que contaban las historias
de los combates en los que participó,
le pidió: «Háblanos de las armas
que debemos usar cuando todo
está perdido.»

Y él respondió:

Cuando hay lealtad, las armas son inútiles.

Porque todas las armas son instrumentos del mal, no son instrumentos del sabio.

La lealtad se basa en el respeto, y el respeto es fruto del Amor. El Amor que ahuyenta los demonios de la imaginación que desconfían de todo y de todos, y que devuelve la pureza a los ojos.

Un sabio, cuando desea debilitar a alguien, primero hace que la persona crea que es fuerte. Así desafiará a alguien aún más fuerte que caerá en la trampa y será destruido.

Un sabio, cuando desea reducir a alguien, primero hace que la persona suba la montaña más alta del mundo y que piense que tiene mucho poder. Así, creerá que puede llegar aún más alto y se despeñará en el abismo.

Un sabio, cuando desea obtener lo que otro posee, todo lo que hace es colmarlo de regalos. Así, el otro tendrá que cuidar de lo inútil y perderá todo lo demás, porque estará ocupado cuidando de aquello que piensa que posee.

Un sabio, cuando no puede saber lo que planea su adversario, finge un ataque. Todo el mundo está siempre preparado para defenderse, porque vive con el miedo y la paranoia de que a los demás no les gusta.

Y el adversario —por muy brillante que sea— se siente inseguro y reacciona con violencia desorbitada a la provocación. Al hacerlo, muestra todas las armas que tiene, y el sabio descubre sus puntos fuertes y sus puntos débiles.

Entonces, una vez que sabe exactamente el tipo de confrontación que le espera, el sabio ataca o retrocede.

De esa manera, los que parecen sumisos y débiles conquistan y derrotan a los duros y fuertes.

Por tanto, muchas veces los sabios derrotan a los guerreros, aunque los guerreros también derroten a los sabios. Para evitarlo, lo mejor es buscar la paz y el reposo que hay en las diferencias entre los seres humanos.

Aquel al que un día hirieron debe preguntarse: «¿Vale la pena llenarme el corazón de odio y arrastrar ese peso conmigo?»

En este momento echa mano de una de las cualidades del Amor llamada Perdón, que lo hace volar por encima de las ofensas dichas en el calor de la batalla, ya que el tiempo pronto se encargará de borrarlas, igual que el viento borra las huellas en la arena del desierto.

Y cuando el perdón se manifiesta, el que ofendió se siente humillado por su error y se vuelve leal.

Seamos, por tanto, conscientes de las fuerzas que nos mueven.

El verdadero héroe no es el que nació para vivir grandes hechos, sino el que consiguió —por medio de pequeñas cosas— construir un escudo de lealtad a su alrededor.

Así, cuando el héroe salva al adversario de la muerte segura o de la traición, nadie olvidará jamás su gesto.

El verdadero amante no es el que dice: «Tú tienes que estar a mi lado y yo debo cuidarte porque somos leales el uno al otro.»

El verdadero amante es el que entiende que la lealtad sólo se puede demostrar cuando hay libertad. Y, sin miedo a la traición, acepta y respeta el sueño del otro confiando en la fuerza suprema del Amor.

El verdadero amigo no es el que dice: «Hoy me has hecho daño, y estoy triste.»

Dice: «Hoy me has hecho daño por razones que desconozco y que tal vez tú mismo ignoras, pero mañana sé que podré contar con tu ayuda, y no me voy a poner triste.»

Y el amigo contesta: «Eres leal, porque has dicho lo que sentías. No hay nada peor que aquellos que confunden la lealtad con la aceptación de todos los errores.»

La más destructora de las armas no es la lanza ni el cañón, que pueden causar heridas en el cuerpo y destruir la muralla. La más terrible de todas las armas es la palabra, que arruina una vida sin dejar rastro de sangre y cuyas heridas jamás cicatrizan.

Seamos, por tanto, señores de nuestra lengua para no ser esclavos de nuestras palabras. Aunque se utilicen en contra de nosotros, no entremos en un combate que jamás tendrá un vencedor. En el momento en el que nos pongamos a la altura del adversario vil, estaremos luchando en las tinieblas, y el único que saldrá ganando es el Señor de las Tinieblas.

La lealtad es una perla entre los granos de arena que sólo aquellos que realmente entienden su significado pueden ver.

Así, quien siembra la Discordia puede pasar mil veces por el mismo lugar, pero nunca verá esa pequeña joya que mantiene unidos a los que necesitan seguir unidos.

La lealtad no se puede imponer nunca por la fuerza, por el miedo, por la inseguridad o por la intimidación.

Es una elección que sólo los espíritus fuertes tienen el coraje de hacer.

Y, por ser una elección, nunca es tolerante con la traición, pero siempre es generosa con los errores.

Y, por ser una elección, resiste al tiempo y a los conflictos pasajeros.

Y uno de los jóvenes,
viendo que el sol ya estaba
casi escondido en el horizonte
y que pronto el encuentro
con el Copto iba a llegar
a su fin, le preguntó:
«¿Y respecto a los enemigos?»

Y él respondió:

Los verdaderos sabios no se lamentan ni por los vivos ni por los muertos. Por lo tanto, acepta el combate que te espera mañana, porque estamos hechos por el Espíritu Eterno, que muchas veces nos pone ante situaciones que debemos afrontar.

En ese momento, hay que olvidar las preguntas inútiles, porque lo único que hacen es perturbar los reflejos del guerrero.

Un guerrero en el campo de batalla está cumpliendo su destino, y a él debe entregarse. ¡Pobres los que piensan que pueden matar o morir! La Energía Divina no puede destruirse, lo que hace es cambiar de forma. Decían los sabios de la Antigüedad:

> Acátalo como un designio superior y sigue adelante. No son las batallas terrenas las que definen al hombre, porque igual que el viento cambia de dirección, también la suerte y la victoria soplan en todos los sentidos. El derrotado de hoy es el vencedor de mañana, pero, para que eso suceda, debes aceptar el combate con honor.
>
> Igual que alguien se pone ropa nueva y tira la vieja, el alma acepta nuevos cuerpos materiales y abandona los viejos e inútiles. Sabiendo esto, no debes preocuparte por tu cuerpo.

Ése es el combate que afrontaremos esta noche o mañana por la mañana. La historia se encargará de contar cómo fue.

Pero, como estamos llegando al final de nuestro encuentro, no podemos perder tiempo con eso.

Quiero, por tanto, hablaros de otros enemigos: los que se encuentran a nuestro lado.

Todos vamos a tener que enfrentarnos a muchos adversarios en la vida, sin embargo el más difícil de derrotar será aquel al que tememos.

Todos nos vamos a encontrar con rivales en cualquier cosa que hagamos. Sin embargo, los más peligrosos serán aquellos que creemos que son nuestros amigos.

Todos vamos a sufrir cuando nos ataquen y nos hieran en nuestra dignidad, pero el dolor más grande será el provocado por aquellos que considerábamos un ejemplo para nuestra vida.

Nadie puede evitar cruzarse con aquellos que lo van a traicionar y a calumniar. Pero todos podemos apartar el mal antes de que muestre su verdadera naturaleza, porque un comportamiento excesivamente gentil es la prueba del puñal escondido y listo para que lo usen.

Los hombres y las mujeres leales no se sienten incómodos al mostrarse como son, porque otros espíritus leales entienden sus cualidades y sus defectos.

Pero apártate de alguien que intenta agradarte todo el tiempo.

Y cuidado con el dolor que tú mismo puedes provocarte si dejas que un corazón cobarde y vil forme parte de tu mundo. Una vez que el mal esté consumado, no vale de nada culpar a nadie: la puerta la abrió el dueño de la casa.

Cuanto más débil es el calumniador, más peligrosas son sus acciones. No seas vulnerable a los espíritus débiles que no soportan ver un espíritu fuerte.

Si alguien se enfrenta a ti por culpa de tus ideas o tus ideales, acércate y acepta la lucha, porque no hay un momento en la vida en que el conflicto no esté presente, y a veces tiene que mostrarse a la luz del día.

Pero no luches para demostrar que estás en lo cierto ni para imponer tus ideas e ideales. Acepta el combate para mantener su espíritu limpio y tu voluntad impecable. Cuando la lucha acabe, ambas partes serán vencedoras, porque han medido sus límites y sus habilidades.

Aunque en un primer momento uno de ellos diga: «He vencido.»

Y el otro se sienta triste y piense: «Me han derrotado.»

Como ambos respetan el coraje y la determinación del otro, llegará el día en el que volverán a caminar de la mano, aunque para ello tengan que esperar mil años.

Sin embargo, si aparece alguien sólo para provocarte, limpia el polvo de tus zapatos y sigue adelante. Lucha sólo con quien lo merezca, y no con el que usa artimañas para prolongar una guerra que ya ha terminado, como sucede con todas las guerras.

La crueldad no es la de los guerreros que se encuentran en un campo de batalla y saben lo que hacen ahí, sino la de los que manejan la victoria y la derrota según sus intereses.

El enemigo no es el que tienes delante con la espada en la mano. Es el que está a tu lado con el puñal en la espalda.

La más importante de las guerras no es la que se desencadena con el espíritu elevado mientras el alma acepta su destino. Es la que está en curso en este momento en que hablamos, y el campo de batalla es el Espíritu, donde se enfrentan el Bien y el Mal, el Coraje y la Cobardía, el Amor y el Miedo.

No intentes pagar el odio con odio, sino con justicia.

El mundo no se divide entre enemigos y amigos, sino entre débiles y fuertes.

Los fuertes son generosos en la victoria.

Los débiles se unen y atacan a los que perdieron, sin saber que la derrota es transitoria. Entre los perdedores, escogen a aquellos que parecen más vulnerables.

Si eso te sucede, pregúntate si te gustaría asumir el papel de víctima.

Si la respuesta es sí, no te librarás de ello el resto de tu vida. Y serás presa fácil cada vez que te encuentres ante una decisión que exige coraje. Tu mirada de derrotado es siempre más fuerte que tus palabras de vencedor, y lo notarán todos.

Si la respuesta es no, resiste. Mejor reaccionar ahora, cuando las heridas se pueden curar fácilmente, aun cuando lleve tiempo y paciencia.

Pasarás algunas noches en vela pensando: «No merezco esto.»

O pensando que el mundo es injusto porque no te dio la acogida que esperabas. Muchas veces te sentirás avergonzado por la humillación sufrida ante los demás compañeros, la amada, los padres.

Pero, si no desistes, la jauría de hienas se alejará e irá en busca de otras víctimas. Ésos tendrán que aprender la misma lección por sí mismos, porque nadie podrá ayudarlos.

Por tanto, los enemigos no son los adversarios puestos ahí para comprobar tu coraje.

Son los cobardes, puestos ahí para comprobar tu debilidad.

Ya era totalmente de noche.
El Copto se volvió hacia los religiosos
que lo veían y lo escuchaban todo
y les preguntó si tenían algo que decir.
Los tres asintieron afirmativamente
con la cabeza.

Y el rabino dijo:

Un gran religioso, al ver que estaban maltratando a los judíos, fue al bosque, encendió un fuego sagrado y rezó una oración especial con la que pedía a Dios que protegiera a su pueblo.

Y Dios envió un milagro.

Más tarde, su discípulo fue al mismo lugar del bosque y dijo: «Maestro del Universo, no sé cómo encender el fuego sagrado, pero aún conozco la oración especial. ¡Escúchame, por favor!»

El milagro sucedió.

Pasó otra generación, y otro rabino, al ver las persecuciones que sufría su pueblo, fue al bosque y dijo: «No sé encender el fuego sagrado ni conozco la oración especial, pero aún recuerdo el lugar. ¡Ayúdanos, Señor!»

Y el Señor los ayudó.

Cincuenta años después, el rabino Israel, que iba en muletas, habló con Dios: «No sé encender el fuego sagrado, no conozco la oración y ni siquiera puedo encontrar el lugar en el bosque. Lo único que puedo hacer es contar esta historia, y esperar que Dios me escuche.»

Y, una vez más, el milagro sucedió.

Así pues, id y contad la historia de esta tarde.

Y el imán que estaba a cargo de la mezquita de Al-Aqsa, después de esperar respetuosamente a que su amigo el rabino acabase de hablar, comenzó:

Un hombre llamó a la puerta de un amigo beduino para pedirle un favor: «Necesito que me prestes cuatro mil dinares porque tengo que pagar una deuda. ¿Es posible?»

El amigo le pidió a su mujer que reuniese todo lo que tenían de valor, pero aun así no era suficiente. Tuvo que salir y pedirles dinero a los vecinos, hasta que consiguieron la cantidad necesaria.

Cuando el hombre se fue, la mujer se dio cuenta de que su marido estaba llorando.

«¿Por qué estás triste? Ahora que nos hemos endeudado con nuestros vecinos, ¿tienes miedo a no poder pagar lo que debes?»

«Nada de eso. Lloro porque es un amigo al que quiero mucho y, sin embargo, no sabía qué era de su vida. No me acordé de él hasta que necesitó llamar a mi puerta para pedirme dinero prestado.»

Así pues, id y contadles a todos lo que habéis oído esta tarde, de modo que podamos ayudar a nuestro hermano antes incluso de que lo necesite.

Y en cuanto el imán acabó de hablar, el sacerdote cristiano comenzó:

El sembrador salió a sembrar. Y sucedió que una parte de las semillas cayeron junto al camino, y vinieron las aves del cielo y se las comieron.

Y otras cayeron sobre un pedregal, donde no había mucha tierra, y nacieron en seguida, porque la tierra no era profunda. Pero, al salir el sol, se quemaron y, como no tenían raíz, se secaron.

Y otras cayeron entre espinos que, al crecer, las ahogaron, de modo que no dieron fruto.

Y otras cayeron en buena tierra y dieron fruto, que se desarrolló y creció; y de uno salieron treinta, de otro sesenta y de otro cien.

Así pues, echad vuestras semillas por todos los lugares que visitéis, porque no sabemos las que van a florecer para iluminar a la próxima generación.

La noche ahora cubría la ciudad de Jerusalén, y el Copto les pidió a todos que volviesen a sus casas y anotasen todo lo que habían oído, y a aquellos que no sabían escribir les indicó que procurasen recordar sus palabras. Pero, antes de que la multitud se marchase, les dijo:

No penséis que os estoy entregando un tratado de paz. En realidad, a partir de ahora diseminaremos por el mundo una espada invisible con la que lucharemos contra los demonios de la intolerancia y de la incomprensión. Procurad llevarla hasta donde vuestras piernas aguanten. Y, cuando las piernas ya no os sostengan, legad la palabra o el manuscrito a personas dignas de empuñar esta espada.

Si alguna aldea o ciudad no os quiere recibir, no insistáis. Volved por el mismo camino por el que llegasteis y sacudid el polvo del suelo que se haya pegado a vuestros zapatos. Porque ese lugar estará condenado a repetir los mismos errores durante muchas generaciones.

Pero bienaventurados los que escuchen las palabras o lean el manuscrito, porque se descorrerá el velo para siempre, y nada habrá oculto que no les sea revelado.

Id en paz.

Biblioteca Paulo Coelho

Cuando quieres algo, todo el Universo conspira para ayudarte a conseguirlo.

«Donde esté tu tesoro, allí estará también tu corazón.»

Una historia poética y encantadora sobre la profundidad de un amor marcado por el destino.

«El universo siempre conspira a favor de los soñadores.»

Un cuento para adultos que explora la intensa relación entre cuerpo y alma.

«Los encuentros más importantes ya han sido planeados por las almas antes incluso de que los cuerpos se hayan visto.»

El viaje más personal de Paulo Coelho.

«Aquel que desee ver el arcoíris debe aprender a disfrutar de la lluvia.»

Un bello canto al amor.

«El Amor nunca falla.
El Amor es la verdadera energía de la vida.»

Cada segundo de nuestra existencia optamos entre la alternativa de seguir adelante o de abandonar.

«El riesgo de una aventura vale mil días de bienestar y confort.»

Un relato de amor, magia, espiritualidad y misterio.

«Escoger un camino significa abandonar otros. Si pretendes recorrer todos los caminos posibles acabarás no recorriendo ninguno.»

La búsqueda de un hombre que intenta recuperar un amor perdido.

«Tenemos que olvidar lo que creemos ser para poder ser lo que realmente somos.»

Una fascinante parábola sobre la necesidad de encontrar nuestro camino en la vida.

«Lo Extraordinario reside en el Camino de las Personas Comunes.»

Una batalla decisiva entre el Bien y el Mal.

«El desafío no espera. La vida no mira hacia atrás.»

Una odisea espiritual que combina verdad, mito e imaginación.

«La primera gran virtud del que busca el camino espiritual: coraje.»

**Si no has amado,
no has vivido.**

«Solo el Amor Verdadero
puede competir con cualquier
otro amor de este mundo.
Cuando lo damos todo,
no tenemos nada que perder.»

**Explorar el mundo es
aprender a conocerse.**

«El que quiera aprender
magia debe empezar por
mirar a su alrededor.»

El único delito de Mata Hari fue ser una mujer libre.

«Me libré de crímenes que cometí, aunque el más grave de todos fue ser una mujer emancipada e independiente en un mundo gobernado por hombres.»

Una valiosa lección de esperanza para el hombre contemporáneo.

«Aprovecha todas las oportunidades de tu vida porque, cuando pasan, tardan mucho tiempo en volver.»

**Las reflexiones
que se dieron
en esa noche mágica
en la que la derrota
era inminente
y el Copto habló.**

«No eres derrotado
cuando pierdes,
sino cuando desistes.»

**Una exploración del mundo
femenino, una profundización
en sus miedos,
en la espiritualidad y en
la necesidad de buscar
sentido a la vida.**

«El camino es más importante
que aquello que te llevó
a caminar.»